Max von der Grün
Die Saujagd

Max von der Grün

Die Saujagd
und andere
Vorstadtgeschichten

Luchterhand

Die Saujagd
und andere Vorstadtgeschichten

WER SIE NICHT KANNTE oder nicht in ihrer Nähe wohnte, der fand sie liebenswürdig. Die Leute in ihrem Wohnviertel aber, insbesondere jene, die in der gleichen Straße wohnten, verabscheuten sie, denn Gudrun war klatschsüchtig, eine Heuchlerin und krankhaft neugierig.

Seit Gudrun vor drei Jahren mit achtundfünfzig in Rente geschickt wurde, fehlte es ihr an Betätigung, deshalb putzte sie täglich das Reihenhaus, in dem sie und ihr Mann Erwin wohnten, von oben bis unten, jeden Tag hatte sie Wäsche auf der Leine im Garten oder sie bügelte stundenlang bei halbwegs gutem Wetter auf der Terrasse.

Nachbarn vermuteten, daß sie sogar gewaschene und gebügelte Wäsche aus dem Schrank holte, um damit die Trommel der Waschmaschine voll zu bekommen, denn sonst war es unverständlich, daß es in einem Zweipersonenhaushalt so viel zu waschen und zu bügeln gab.

7

Für diese Marotte hätten die Nachbarn noch ein Schmunzeln übrig gehabt, nein, die Leute brachte etwas anderes in Rage: Gudrun saß den ganzen Tag, wenn sie nicht wusch, bügelte oder putzte, am Fenster, entweder in der Küche oder im Eßzimmer, und beobachtete Nachbarn und Passanten. Nichts blieb ihr verborgen, sie sah fast alles, was in der Straße vorging, und wenn sich zufällig vor einem ihrer Fenster Leute begegneten und einen kurzen Plausch hielten, rannte sie mit einem Eimerchen voll Wasser nach draußen und begann die Fenster zu putzen, nur damit sie die Unterhaltung mitbekam oder, was ihr noch lieber war, in die Unterhaltung mit einbezogen zu werden.

Wurden in ihrem Haus bei Einbruch der Dunkelheit die Jalousien heruntergelassen, blieb in einem der beiden Schlafzimmerfenster im ersten Stock eine Jalousie die ganze Nacht über eine Handbreit offen, damit Gudrun die Straße einsehen konnte, sobald sie ein auffälliges Geräusch vernahm. Die Nachbarn fanden für die Öffnung bald einen Namen: »Schießscharte.«

Daran erbitterte die Anwohner am meisten, daß

sie mit der Zeit das Gefühl hatten, rund um die Uhr beobachtet zu werden.

Gudrun und ihr Mann, der bei allen nur Pantoffelheld hieß, verreisten auch nicht, und wenn, dann unternahmen sie nur Tagesausflüge aus Angst, sie würden etwas, was sich in ihrer Straße ereignete, versäumen, zudem waren beide geizig, was sie daran hinderte, längere Zeit zu verreisen.

Gudruns Mann durfte im Haus nicht rauchen, eine Flasche Bier am Abend wurde ihm zugestanden, aber in der Garage hatte der Mann immer einen ganzen Kasten versteckt, das hatten Nachbarn herausgefunden, die sich darüber wunderten, wie oft er sich in der Garage zu schaffen machte.

Am meisten fühlte sich Familie Baumann belästigt, die direkt gegenüber von Gudrun wohnte, die beiden sechzehnjährigen Mädchen, Zwillinge, lästerten unentwegt gegen diese »Wachhündin«, wie sie Gudrun nannten.

Bei jeder sich bietenden Gelegenheit sagte Baumann zu seinem Nachbarn, der Gudrun genauso haßte wie alle anderen in der Straße auch: »Der da drüben werde ich eines Tages eins auswischen. Auf dem Sterbebett wird sie noch daran denken.«

Eines Tages trug Baumann die weiße Bank vom Garten vor das Haus und stellte sie neben der Garageneinfahrt ab. Bei gutem Wetter setzte er sich am Spätnachmittag nach der Arbeit darauf und tat nichts. Er las nicht einmal Zeitung, sondern starrte mit bewundernswerter Ausdauer nur auf das Haus gegenüber und grinste herausfordernd. Manchmal setzte sich auch ein anderer Nachbar zu ihm, beide sprachen kein Wort und stierten auf die Fenster des gegenüberliegenden Hauses.

Dieses Spielchen betrieben sie den ganzen Sommer, bis eines Tages einem Nachbarn, der sich zu Baumann auf die Bank gesetzt hatte, das stupide Glotzen zu blöde wurde. Er sagte zu Baumann: »Ich kenne einen Anstreicher, der hat eine Spezialfarbe, die ist schwarz und klebt wie Kleister.«

»Interessant. Aber so eine Farbe brauche ich nicht.«

»Aber damit kann man Fenster streichen.«

»Meine Fenster sind gestrichen.«

»Ich meine doch nicht Fensterrahmen, ich meine Fensterscheiben.«

Ein paar Minuten schwiegen die beiden, dann sagte Baumann: »Besorg mir von der Farbe einen Kübel voll. Und einen Quast.«

»Und wie willst du das anstellen?«

»Es wird mir etwas einfallen.«

»Du brauchst die Farbe und den Quast nicht zu bezahlen, wir sammeln in der Nachbarschaft. Hauptsache es klappt.«

»Es wird klappen, ich muß nur den richtigen Zeitpunkt abwarten, wenn drüben mal wieder ein Tagesausflug fällig ist.«

»Du willst es am hellichten Tag machen?«

»Klar. Nachts sind bis auf die Schießscharte die Jalousien zu, und über Nacht bleiben sie niemals weg, weil sie Angst haben, ihr Haus könnte geklaut werden.«

Drei Tage später hatte Baumann seine Farbe und seinen Quast in der Garage griffbereit. Ungeduldig wartete er auf seine Chance. Nicht einmal seiner Frau hatte er von seinem Plan erzählt.

Eine Woche später erfuhr er von dem Nachbarn, der ihm die Farbe besorgt hatte, Gudrun und ihr Mann würden am Samstag früh fortfahren, sie wollten sich den Schützenzug in Münster ansehen.

»Hätte ich mir denken können. Die fahren doch nur zu Veranstaltungen, die keinen Eintritt kosten. Na dann, ich befinde mich am Samstag in den Startlöchern.«

Am Samstag, wie vorausgesagt, fuhren Gudrun und ihr Mann fort. Baumann ließ zur Sicherheit noch eine knappe Stunde vergehen, dann legte er am Haus gegenüber seine große Leiter an. Mit Eimer und Quast stieg er zum ersten Stock hoch und begann die beiden Schlafzimmerfenster mit schwarzer und klebriger Farbe zuzustreichen. Als er damit fertig war, trug er die lange Leiter in seinen Garten zurück und kehrte mit einer Hausleiter zurück. Dann bepinselte er die beiden Fenster im Erdgeschoß, das Küchen- und Eßzimmerfenster.

Als er nach einer Stunde fertig war, betrachtete er sein Werk: Er schien zufrieden.

Natürlich blieb der Nachbarschaft der gesamten Straße nicht verborgen, was Baumann machte. Die Leute beobachteten ihn hinter Gardinen bei seiner Arbeit.

Erst waren etliche entsetzt, als sie begriffen, was er trieb, dann jedoch überkam alle Freude.

Schadenfreude.

Nach und nach öffneten sie die Fenster und beugten sich weit hinaus, um ja jeden Handgriff zu sehen. Als Baumann mit seiner Arbeit fertig geworden war und sein Meisterstück begutachtete, klatschten die Leute in den Fenstern Beifall. Anschließend trug Baumann seine Bank wieder in den Garten, er brauchte sie jetzt nicht mehr.

An diesem Samstagnachmittag blieb mindestens ein Familienmitglied in jeder Wohnung am Fenster, um die Ankunft der beiden Ausflügler mitzubekommen.

Am frühen Abend war es dann soweit.

Die Nachbarn telefonierten sich gegenseitig an, um sich auf das große Ereignis aufmerksam zu machen.

Gudrun war als erste ausgestiegen, sie öffnete ihrem Mann das Garagentor, er fuhr den Wagen hinein. Gudrun wartete und ließ einen ersten verstohlenen Blick über die Häuser gleiten.

Nachdem ihr Mann das Garagentor hinter sich abgeschlossen hatte, gingen sie gemeinsam um die Hausecke zur Haustüre. Bevor sie aber die kleine Vortreppe zur Haustüre hinaufstiegen, blieben sie wie festgenagelt stehen: Gudrun umklammerte den Oberarm ihres Mannes und stieß einen grellen Schrei aus, gleich darauf fiel sie auf die Knie und raufte sich die Haare.

Ihr Mann stand ohne Regung da und sah nur auf die vier Fenster, dann blickte er sich wie hilfesuchend um, aber niemand war auf der Straße.

Dann hob er seine Frau auf, die immer noch laut zeterte, schloß die Haustüre auf und zog seine Frau in das Haus.

Eine Viertelstunde später fuhr ein Polizeiauto vor, und zwei Uniformierte stiegen aus, kopfschüttelnd betrachteten sie die vier Fenster. Die schwarze Farbe glänzte in der Abendsonne.

Gudrun und ihr Mann kamen aus dem Haus gelaufen, gestikulierten und zeigten den beiden Beamten, was sie sowieso sahen.

Jetzt liefen wieder die Telefone der Nachbarn heiß, denn allen war klar geworden, daß die Polizei alle Anwohner befragen würde.

Zum Glück hatte keiner der näheren und weiteren Nachbarschaft kleine Kinder, die sich verplappern könnten, die meisten Kinder waren schon über sechzehn und verfolgten mit derselben Schadenfreude die Malaktion wie die Erwachsenen.

Die Befragung erfolgte prompt, die Beamten kamen an die Wohnungstüren, stellten ihre Fragen, doch niemand hatte etwas gesehen; nein, sie waren alle an diesem sonnigen Samstag in ihren Gärten beim Grillen und Bier. Von den Hintergärten, davon konnten sich die Beamten überzeugen, waren die Straße und damit die gegenüberliegenden Häuser nicht einsehbar.

Die Polizisten glaubten das zwar nicht, das Gegenteil war nicht beweisbar.

Nach einer Woche, die schwarze Farbe klebte noch immer an den vier Fenstern, bekam Baumann Besuch von einem Nachbarn. Baumann grinste und sagte: »Was die da drüben jetzt für eine Stromrechnung bekommen werden. Das Weib wird sich umbringen, wenn die Stromrechnung ins Haus flattert.«

»Blöd sind wir gewesen, du und ich. Unüberlegt haben wir gehandelt, wie kleine Kinder haben wir uns benommen. Einfach blöd.«

»Wieso denn? Es ist doch alles prima gelaufen. Die haben schöne Fenster, wir haben unsere Ruhe, und das Weib hat endlich die verdiente Abreibung bekommen.«

»Blöd waren wir, saublöd. Bis jetzt sind die da drüben wenigstens einmal im Monat für einen Tag verreist, jetzt aber gehen die keine Stunde mehr aus dem Haus.«

IM STADTBEREICH der Bundestraße 1, des Ruhrschnellwegs, ging nichts mehr. Der Verkehr kam total zum Stillstand, denn das Fußballspiel Borussia Dortmund gegen Eintracht Frankfurt war angesetzt, und zur selben Zeit lief auch noch eine Veranstaltung in der großen Westfalenhalle. Die zehntausend Parkplätze im weiteren Bereich des Stadions und der Westfalenhalle waren restlos belegt, deshalb wurde die rechte Fahrbahn der dreispurigen Durchgangsstraße verbotenerweise als zusätzlicher Parkstreifen mitbenutzt.

Die Polizei war restlos überfordert und hatte bald aufgegeben, die Beamten blieben in ihren Einsatzfahrzeugen sitzen und kümmerten sich nicht mehr weiter um das Chaos.

Auf dem begrünten und mit Bäumen bewachsenen Mittelstreifen standen zwei zwölfjährige Jungen mit einem zwei Meter breiten Transparent, auf dem in roter Schrift zu lesen war: »WAS

SEID IHR ALLE BESCHEUERT. MIT DEM FAHRRAD GEHT ES VIEL SCHNELLER.« Herausfordernd grinsten die beiden Jungen die Autofahrer an, die in ihren Autos schwitzten und durch den endlosen Stau nervös und aggressiv wurden und mit ihren Händen auf die Lenkräder trommelten.

Einen etwa dreißig Jahre alten Fahrer reizte das Transparent und die frech grinsenden Jungen so sehr, daß er plötzlich, als der Verkehr wieder einmal stockte, aus seinem Wagen sprang. Blind vor Wut rannte er mit drohend erhobenen Fäusten über die Fahrbahn auf die beiden Jungen zu. Die ahnten, was er vorhatte, ließen ihr Transparent fallen und liefen feixend weg. Unterdessen bewegte sich die Autokolonne wieder meterweise vorwärts. Der Fahrer des Wagens hinter dem steuerlosen Auto schob, weil die Handbremse nicht angezogen war, das Fahrzeug vor sich her, als sei das die selbstverständlichste Sache der Welt. Als der Mann einsehen mußte, daß er die beiden Jungen nicht würde einholen können, kehrte er laut fluchend um.

Aber wo war sein Auto?

Kopflos rannte der Mann auf und ab, aber sein Auto blieb verschwunden. Endlich entdeckte er es etwa fünfzig Meter weiter östlich, stadtauswärts, wohin es weitergeschoben worden war.

Wutentbrannt rannte der Mann auf dem grünen Mittelstreifen an der Autoschlange entlang, da aber war der andere Wagen bereits nach rechts in eine Seitenstraße ausgeschert.

Der Wütende konnte wegen des fließenden Verkehrs die Straße nicht sogleich überqueren und mußte mit ansehen, wie der Wagen hinter seinem Auto, als wäre er von seinem Vorgänger damit beauftragt worden, wie selbstverständlich das führerlose Fahrzeug vor sich her schob. Weil den Wagen aber niemand steuerte, schob er sich schräg über die linke Fahrbahn und blockierte nun auch den Fahrstreifen, auf dem noch stockender Verkehr möglich war.

Nun ging nichts mehr. Auf allen drei Fahrbahnen stand der Verkehr still.

Keuchend und fluchend erreichte der Mann endlich sein Fahrzeug. Auf dem Weg dorthin mußte er sich auch noch die Schmähungen und lautstarken Beschimpfungen der nachfolgenden Autofahrer anhören.

Er setzte sich hinter das Steuer und lenkte seinen Wagen verbotswidrig auf den grünen Mittelstreifen. Dort schaltete er den Motor aus und blieb erschöpft in seinem Wagen sitzen.

Volle zwei Stunden saß der Mann ungestört in seinem Auto und hörte sich im Radio die Übertragung des Fußballspieles an, das er eigentlich hatte besuchen wollen. Das Spiel endete zwei zu zwei.

Einen Vorteil jedoch hatte dieser unglückliche Ausflug: Nach Spielschluß konnte der Mann als erster wegfahren, auf einer verkehrsarmen Bundestraße 1.

DIE HOCHZEIT mußte auf Drängen der Braut groß gefeiert werden. Sie wollte Eltern, Schwiegereltern und der verzweigten Verwandtschaft beweisen, daß sie nicht zu den Knauserigen gehörte, auch wenn Tanja nur eine Friseuse war und ihr Bräutigam Konrad ein einfacher Fernfahrer.

Gerüchte jedoch wollten nicht verstummen, Tanja besäße in der Innenstadt in bester Lage ein Vierfamilienhaus mit zwei Läden, was aber Einsichtigen absurd vorkam, denn wo sollte eine Friseuse mit 25 Jahren das Geld herhaben, um sich eine derart teure Liegenschaft kaufen zu können. Geerbt hatte sie nichts, ihr Vater war Frührentner, und das Eigenheim ihrer Eltern, in dem auch sie wohnte, war zudem noch mit einer Hypothek belastet. Nur der Bruder des Bräutigams sagte sich insgeheim, jedes Gerücht besitze ein Körnchen Wahrheit, und machte sich still auf die Suche nach diesem Körnchen.

Tanja, die jung Vermählte, eine schöne, attraktive Erscheinung, trug ein weißes, bis zu den Knöcheln reichendes Spitzenkleid, Konrad, der gleichaltrige Bräutigam, einen kirschroten Anzug, dazu ein blaues Seidenhemd und eine fliederfarbene Krawatte, was bei den meisten Gästen, besonders den älteren, Kopfschütteln auslöste. Sie meinten, man trete nicht als Pfau verkleidet vor den Traualtar. Die jüngeren Leute fanden Konrads Kleidung toll. Wer sagte eigentlich, daß ewig in einem Traueranzug geheiratet werden muß.

Nach der kirchlichen Trauung gingen die gut fünfzig Hochzeitsgäste von der Kirche in die zweihundert Meter entfernte Gaststätte hinüber, wo in einem saalähnlichen Nebenraum bereits festlich gedeckt war.

Es wurde eine fröhliche Feier, bis Emil, der auch Trauzeuge seines älteren Bruders war, am frühen Abend begann, gegen die Dreimannkapelle mit eigenen Liedern anzusingen; er war zwar nüchtern, benahm sich jedoch so, als wäre er stark angetrunken. Rasch ließ er sich besänftigen und setzte sich ergeben wieder auf seinen Stuhl neben der Braut.

Als die Kapelle erneut spielte, begann Emil abermals gegen die Musik anzusingen. Die älteren Gäste protestierten laut, und sein Vater hätte ihn am liebsten vor die Tür gesetzt, so aufgebracht war er.

Emil ließ sich von seinem Bruder beruhigen, wenn auch scheinbar nur mit Mühe; ein aufmerksamer Beobachter hätte bemerken können, daß Emil seinem Bruder zublinzelte und Konrad unmerklich nickte.

Emil setzte sich wieder auf seinen Platz und stierte in sein Weinglas, schließlich tat er so, als schliefe er ein, wachte jedoch sofort auf, als sich Tanja nach der Beendigung eines Tanzes zu ihm setzte und ihm mit ihrem Weinglas zuprostete.

Emil prostete aber nicht zurück, er drehte ihr bloß den Rücken zu und begann mit seinem Nebenmann ein Gespräch. Tanja fand dieses Benehmen flegelhaft und empörend und beschwerte sich darüber bei Konrad. Der begann erneut freundlich, doch bestimmt, seinen Bruder zurechtzuweisen.

»Emil, bitte mehr Höflichkeit und Respekt meiner Frau gegenüber.«

Wieder hätten scharfe Beobachter wahrnehmen

können, daß Konrad seinem Bruder zuzwin-
kerte.

Emil schnellte herum und blaffte Konrad an:
»Wieso, hat die auch schon was zu sagen? Stehst
du am ersten Tag schon unter ihrem Pantoffel?«
Mit einem Schlag war es still geworden, alle Gäste hielten den Atem an. Jedermann wartete darauf, wie Konrad reagieren würde. Tanja war den
Tränen nahe und tupfte sich die Augen.

Konrad jedoch sagte kein Wort, er setzte sich, als
wäre nichts gewesen, neben seine Frau, tätschelte ihre rechte Hand und gab sich betont
ausgelassen. Dann hob er sein Glas und rief:
»Laßt uns feiern, Leute. Mein Bruder ist ein wenig besoffen vom Wein und vor Freude.«

Die meisten Gäste konnten Emils Grobheiten
nicht verstehen, sie wußten alle, daß die Brüder
ein herzliches Verhältnis zueinander hatten und
daß einer auf den andern nichts kommen ließ
und daß sie jeden Sonntag einträchtig zum Angeln fuhren.

Es war Damenwahl angekündigt worden, und
Tanja wollte die peinliche Situation dadurch retten, daß sie ihren Schwager zum Tanz bat; der
aber drehte ihr wie ein trotziges Kind erneut den

Rücken zu und ließ sie abblitzen. Tanja stand einige Sekunden wie gelähmt da, dann warf sie sich laut schluchzend an den Hals ihres Mannes.

Emils Vater sprang auf und versuchte, seinem Sohn Emil eine Ohrfeige zu geben, aber Emils Mutter sprang dazwischen und zischte: »Bist du verrückt, willst du noch einen Skandal anzetteln?«

Es gab einen kleinen Aufruhr, und einige riefen: »Daß der sich nicht schämt… Setzt ihn vor die Tür… Und das am Hochzeitstag seines Bruders.«

Emil grinste.

Andere Gäste störte das überhaupt nicht, sie sagten sich, auf einer Hochzeitsfeier könne getrunken und gegessen werden, sie sprachen dem Bier, Wein und auch Sekt reichlich zu.

Endlich hatte sich Tanja wieder beruhigt. Konrad schaute zu seinem Bruder hinüber, Emil lächelte gewinnend zurück und deutete verstohlen auf seine Armbanduhr. Konrad nickte und setzte ein grimmiges Gesicht auf. Tanja lehnte sich jetzt sogar zufrieden an ihren Mann, da er ihr liebevoll über den Rücken streichelte. Wieder sang

Emil, als die Kapelle spielte, gegen die Musik an, diesesmal sprang Konrad aber auf und rief seinem Bruder zu: »Wenn du Stunk machen willst, dann kannst du das überall tun, nur nicht auf meiner Hochzeit. Noch einmal, und ich laß dich rauswerfen.«

»Wieso? Kannst du mich nicht selber rauswerfen? Oder bist du dafür zu schlapp? Und dann, Bruderherz, weißt du eigentlich, warum Tanja dich geheiratet hat? Ich will es dir sagen, weil du nämlich die ganze Woche mit deinem Tankwagen auf Achse bist und nur an den Wochenenden nach Haus kommst. Da ist sie die ganze Woche über allein und kann ihren Nebenverdiensten nachgehen.«

Tanja hatte mit Bestürzung zugehört und begann hysterisch zu schluchzen.

Beide Elternpaare sprangen auf und schickten sich an, die Tafel zu verlassen, aber Tanja trat ihnen in den Weg und rief mit erstickter Stimme: »Nein, das dürft ihr mir nicht antun. Ich kann doch nichts dafür, wenn Emil dauernd aus der Rolle fällt.«

Sie ließen sich bewegen, wieder an der Tafel Platz zu nehmen. Tanjas Vater sagte: »Dir zuliebe, Tochter, aber wenn dein Herr Schwager sich noch einmal daneben benimmt, dann gehen wir tatsächlich. Das ist mein letztes Wort.«

Emil gab sich entrüstet: »Ich benehme mich daneben? Kann ich gar nicht, weil ich fest auf meinem Stuhl sitze und das Glas festhalte.«

Schließlich erhob sich der Pfarrer. Er war, wie es von alters her Sitte ist, ebenfalls zum Festessen geladen worden, ging feierlich auf Emil zu, beugte sich zu ihm hinunter und sagte leise, aber für alle Gäste gut hörbar: »Mein Sohn, dein Benehmen ist für alle Gäste, die sich auf diesen Tag gefreut haben, eine Beleidigung, eine Brüskierung.«

»Wer hat sich denn gefreut, Herr Pfarrer? Ich nicht, mein Bruder wohl auch nicht. Sie hat ihn auf das Standesamt und vor den Altar geschleift, indem sie meinem Bruder eingeredet hat, sie bekommt ein Kind.«

Nun aber rannte Tanja zur Tür und schrie: »Ich halte das nicht mehr aus. Dieser Schuft, dieser elende Schuft. Konrad, komm.«

Konrad folgte ihr nur zögernd. Tanja stand am Ausgang, riß sich den Brautkranz vom Kopf und trampelte darauf herum.

Auch die anderen Gäste sprangen auf, Gläser wurden umgeworfen, Stühle fielen zu Boden, Tassen gingen zu Bruch, die Bedienung stand mit offenem Mund vor der Theke und hielt sich die Ohren zu.

Konrad folgte seiner Frau, die beiden Eltern folgten Konrad. Als wäre im Gebäude Feuer ausgebrochen, wollte sich jetzt jeder so schnell wie möglich retten.

Emil saß da und lächelte vor sich hin, obwohl er selbst von seinem eigenen Vater wüst beschimpft worden war: »Mein Haus betrittst du nicht mehr. Deine Sachen werfe ich zum Fenster raus in den Garten, da kannst du dann deinen Krempel auflesen.«

Andere riefen: »Dreckskerl ... Mistkerl ... In den Knast mit dir ... So was hat die Welt noch nicht erlebt.«

Auf einmal war der kleine Saal leer, nur Emil saß auf seinem Stuhl und lächelte noch immer.

Die Bedienung kam und rief aufgebracht: »So ein Skandal. Das steht morgen bestimmt in der Zeitung. Daß Sie sich nicht schämen ... Und jetzt?«

»Was jetzt? Jetzt beginne ich zu feiern. Schließlich habe ich eine Wette gewonnen. Ein hübsches Sümmchen.«

»Schön für Sie. Und wer bezahlt das alles?«

»Mein Bruder. Nehme ich jedenfalls an. Keine Sorge, auf den können Sie sich verlassen.«

»Und wo ist Ihr Herr Bruder?«

»Er wird seine Frau zu Bett bringen, nehme ich an. Das ist so üblich in der Hochzeitsnacht.«

»Ich will mein Geld!« rief die Bedienung und klopfte mit der rechten Hand auf den Tisch.

»Nur keine Panik, mein Bruder wird gleich kommen, hoffe ich wenigstens.«

»Sind Sie sicher?«

»Ganz sicher, und bringen Sie mir nun die beste Flasche Champagner, die Sie in der Kühlung haben.«

»Kostet fünfzig Mark.«

Emil legte ihr einen Fünfzigmarkschein auf den Tisch. Die Bedienung nahm ihn hastig an sich und verstaute ihn in der Tasche ihrer Schürze. Dann verschwand sie und kehrte wenig später mit einer Flasche und einem Sektglas zurück. Das Glas stellte sie auf den Tisch und öffnete anschließend die Flasche.

»Ein zweites Glas, bitte.«

»Wieso? Ich sehe hier nur einen Gast, und das sind Sie.«

»Für meinen Bruder. Der kommt gleich zurück und der liebt dieses Getränk ganz besonders.«

»Komisches Volk seid ihr.«

»Sie haben es erfaßt. Alle anderen waren anscheinend beleidigt.«

»Wäre ich auch gewesen, wenn ich zum Feiern dagewesen wäre.«

»Ich dachte, Sie hätten es erfaßt und hätten Verstand.«

Die Bedienung war beleidigt und ging mit hocherhobenem Kopf weg.

Emil grinste ihr nach und nippte an seinem Glas. Ganz allein saß er in dem großen Raum und an der etwas in Unordnung geratenen Festtafel, leise pfiff er vor sich hin, steckte sich eine Zigarre an, blies blaue Kringel zur Decke und sah ihnen verträumt nach.

Konrad kehrte zurück und blieb einen Moment an der Tür stehen, als müßte er sich erst zurechtfinden.

»Komm her, Bruderherz, und gib mir meine dreitausend Piepen.«

»Hör mal, Emil, die Wette lautete, in vier Stunden bringst du es fertig, die Hochzeitsgesellschaft aufzulösen.«

»Habe ich. Exakt vier Stunden. Her mit den Piepen. Was macht Tanja?«

»Die ist bei ihren Eltern.«

»Wunderbar. Du bist sie dank meiner schauspielerischen Begabung doch schnell losgeworden.«

»Sie läßt sich scheiden.«

»Noch wunderbarer. Deine Scheidung wird groß gefeiert.«

»Warum hast du mir die Kassette erst gestern nach der standesamtlichen Trauung gezeigt?«

»Weil ich sie früher nicht hatte. Ein Freund hat sie mir gestern abend gegeben, ich habe sie gleich angesehen und gedacht, ich falle vom Ast. Die liebe Tanja treibt es nackt mit drei Männern in zig Stellungen, und das neunzig Minuten lang auf einem Streifen. Konrad, jetzt weißt du auch, woher sie das Geld hat, um sich ein Vierfamilienhaus zu kaufen. Mein Gott, keiner hat nachgehakt, nicht mal ihre Eltern.«

»Wie hast du das alles erfahren?«

»Ich habe deiner Tanja immer mißtraut und mir gesagt, an Gerüchten ist immer ein Körnchen

Wahrheit. Ich habe einen Freund, du kennst ihn flüchtig, der arbeitet auf dem Katasteramt. Haus und Grundstück sind vor vier Jahren, da war Tanja einundzwanzig, auf ihren Namen eingetragen worden. Als ich dann diese Gewißheit hatte, daß es kein Gerücht war, da habe ich mich gefragt, woher hat die Kleine das Geld. Brüderchen, jetzt kannst du mal sehen, wie man auf die Schnelle viel Geld verdienen kann, wenn man sich Mühe gibt. Die muß früh angefangen haben, und das ist nicht die einzige Kassette.«

»Aber warum arbeitet sie dann täglich acht Stunden im Salon?«

»Frag sie. Vielleicht Tarnung.«

»Man lernt nie aus. Wenn ich die Kassette nicht selber gesehen hätte und du mir davon nur erzählt hättest, dann hätte ich dich wahrscheinlich zusammengeschlagen.«

»Dank mir für meine Hilfe. In vier Stunden eine Hochzeitsgesellschaft aufzulösen, das war schließlich ein schweres Stück Arbeit.«

»Moment, Brüderchen, eines ist noch zu klären, da du nicht mehr nach Hause kommen darfst. Hausverbot. Wo übernachtest du eigentlich? Tanja ist bei ihren Eltern, da wird dir keine andere Wahl bleiben, als zu mir in die Wohnung zu ziehen, die ich mit Tanja angemietet habe.«

»Das wird ein Leben. Gib mir mein Geld, und morgen gehen wir angeln.«

DIE FEHDE zwischen dem Pfarrer und Bauer Lensing dauerte bereits drei Jahre.

Der Streit begann an dem Tag, als der junge Pfarrer seinen Dienst antrat. Sein Vorgänger, der 35 Jahre den fünftausend Einwohner zählenden Vorort betreut hatte, wurde pensioniert. Als das Pfarrhaus frei geworden war, holte der Pfarrer seine Frau und seine beiden Kinder nach. Johannes war sechs Jahre alt und Katrin acht.

Die Kinder beklagten sich schon am Morgen nach dem Einzug: »Papa, hier stinkt es. Hier stinkt es nach Landwirtschaft.«

Gegenüber dem Pfarrhaus, nur durch eine wenig befahrene Straße getrennt, bewirtschaftete Bauer Lensing seinen Hof, der seit 200 Jahren in Familienbesitz war und den er, seit seine Frau vor vier Jahren starb, mit seinem fünfundzwanzigjährigen, noch ledigen Sohn allein betrieb; die Tochter hatte ins Münsterland geheiratet, den Geschäftsführer eines Gestüts.

Im Vorort gab es noch Bauernhöfe, die schlecht und recht ihre Leute ernährten, denn die Einkünfte sanken. Sie betrieben Schweinemast, Milchwirtschaft, Bullenmästerei und Getreideanbau.

Bauer Lensing hatte vor fünfundzwanzig Jahren auf Schweinemast umgestellt, versprach sich davon einen besseren und vor allem einen gesicherten Verdienst; ständig fütterte er um die zweihundert Schweine. Der Schweinestall war in Boxen unterteilt, in die vom Ferkel bis zur ausgewachsenen Sau jeweils die Tiere hinein kamen. Jeden Montag lieferte ein Großhändler neue Ferkel an und nahm die schlachtreifen Tiere mit.

Außerdem hielt Bauer Lensing noch an die hundert Hühner in Käfigen, sein zusätzliches Einkommen. Viele Einwohner des Vorortes kauften beim ihm die Eier, weil sie frisch waren, zudem lieferte er Eier jeden Freitag mit seinem Auto an Stammkunden in der näheren Umgebung aus. Das war dann, wie er es nannte, sein Zahltag.

Zu diesem Bauernhof gehörte auch ein Misthaufen, der im Laufe eines Jahres immer höher wurde und natürlich stank; Schweinemist ganz besonders. Übel wurde es im Sommer, wenn die Hitze mehrere Tage hielt, der Wind von Westen kam und über das Pfarrhaus und bis vor die Kirchentür wehte.

Den alten Pfarrer hatte das wenig gestört, dem jungen jedoch war der Gestank von Anfang an ein Ärgernis, von dem er glaubte, es könnte mit etwas gutem Willen beseitigt werden.

Der junge Pfarrer hatte mehrmals Bauer Lensing gebeten, vor seinem Misthaufen eine geruchsdämmende Wand zu errichten, aber Bauer Lensing lehnte ab und fühlte sich im Recht. Sein Hof sei früher da gewesen als die Kirche, und als vor vierzig Jahren die Kirche und das Pfarrhaus gebaut wurden, hätten die Planer wissen müssen, daß ein Bauernhof nicht geruchlos arbeite. Außerdem, fügte der Bauer hinzu, sei der Hof seine und seines Sohnes Existenz. Er, der Pfarrer, solle doch froh sein, daß es überhaupt noch Bauern gebe.

So ging das drei Jahre lang.

Dann wurde aus der Fehde eine Feindschaft. Lensing und sein Sohn gaben dem Pfarrer nicht mehr die Hand, wenn er nach dem Gottesdienst

am Kirchenportal seine Schäflein mit Hand-
schlag verabschiedete, wie es in dieser Gegend
uralter Brauch war.

Als gute Christen gingen beide Lensings jeden
Sonntag um zehn Uhr morgens in den Gottesdienst, sangen und beteten wie alle anderen
auch, und wenn die Bauernkollegen sie fragten,
warum sie beide dem Gottesdienst nicht fern-
blieben, dann erwiderte Lensing störrisch: »Der
Pfarrer ist nicht die Kirche.«

Der ingrimmig geführte Streit war den meisten
Leuten des Vorortes nicht entgangen. In den
Kneipen wurden Wetten darüber abgeschlossen,
wer am Schluß nachgeben würde, der Pfarrer
oder der Bauer. Sollte der Pfarrer tatsächlich
eine Klage bei Gericht einreichen, bekäme er
wahrscheinlich recht. Aber davor scheute der
Pfarrer zurück.

Zum endgültigen Bruch kam es, als der Pfarrer
den Bauern vor vielen Leuten bei einem Ge-
meindefest im Freien bedrängte, er solle doch
endlich eine Wand gegen Geruchsbelästigung
errichten lassen, nur sein Dickschädel hindere
ihn daran, es zu tun.

Lensing erwiderte: »Herr Pfarrer, auch Sie sollten die Worte der Bibel beherzigen: Liebe deinen Nächsten wie dich selbst.«

»Ja«, antwortete der Gottesmann, »aber in der Bibel steht nichts davon, daß ich einen Misthaufen lieben soll wie mich selbst.«

Seit diesem Tag wurde zwischen Pfarrer und Bauer kein Wort mehr gewechselt, zumal der Pfarrer auch noch von der Kanzel herunter gegen den Misthaufen zu wettern begann. In das Schlußgebet vor dem Altar flocht er den Satz ein »... und erlöse uns vor dem Übel, erlöse uns von dem Gestank des Misthaufens unseres frommen Bruders von der anderen Seite der Straße ...« Die meisten Kirchenbesucher hatten das mit Humor aufgenommen und warteten jeden Sonntag auf diesen Satz, Bauer Lensing und sein Sohn Klaus aber fühlten sich gebrandmarkt.

Es verging kein Tag, an dem Vater und Sohn nicht darüber brüteten, welche Rache den Pfarrer treffen könnte. Schließlich hatte Sohn Klaus eine Eingebung: »Man müßte die Kirche in einen Saustall verwandeln.« Lensing paffte wie immer seine abendliche Pfeife und fixierte seinen Sohn, dann kicherte er eine Weile vor sich hin, als wäre er kindisch geworden.

»Wie hast du dir das gedacht, Klaus?«

»Hab nur so dahergeredet.«

»Aber dein Vorschlag ist gut. Laß uns jetzt genau überlegen, wie wir das bewerkstelligen könnten und wann.«

»Was bewerkstelligen, Vater?«

»Na, den Kirchensaustall.«

»Es war ja nur Spaß.«

»Das war kein Spaß. Wir werden dem jungen Popen einen Denkzettel verpassen, er muß endlich begreifen, daß wir Bauern eine Macht sind und er unserem Misthaufen nicht das Stinken verbieten kann.«

»Vater, und wie?«

»Du hast es ja schon gesagt, ganz einfach. Wir treiben nachts alle unsere Schweine über die Straße in die Kirche. Mit einem Nachschlüssel bekomme ich die spielend auf. Nächste Woche, von Samstag auf Sonntag, da ist auf der Straße überhaupt kein Verkehr. Als Absperrung nehmen wir die Aufbauten unserer Anhänger. Wirst sehen, die Säue gehen ab wie die Feuerwehr.«

Klaus hatte zweifelnd zugehört, dann aber war er vom Plan seines Vaters begeistert, er schlug mit der flachen Hand auf den Tisch und rief: »Ein Superplan. Aber wie kriegen wir das hin, daß nicht der ganze Ort aufwacht?«

»Laß mich nur machen.«

In der folgenden Woche von Samstag auf Sonntag war es dann soweit. Nachts um zwei Uhr öffnete Lensing mit einem Nachschlüssel das breite Kirchenportal, und Sohn Klaus baute eine behelfsmäßige Absperrung vom Schweinestall zur Kirchentüre.

Dann folgte der schwierigste Teil, den Schweinen nämlich klarzumachen, daß sie aufstehen und sich in Bewegung setzen mußten. Die Ferkel sollten jedoch in ihren Boxen bleiben, weil zu befürchten war, daß die großen Tiere die Jungen tottrampeln könnten.

Die Schweine waren unwillig und grunzten träge, als wollten sie sagen: Laßt uns doch in Ruhe.

Schließlich mußten sie mit Mistgabeln auf Trab gebracht werden, die Tiere wollten mitten in der Nacht aber dennoch nicht über die Straße, noch dazu, wo es in Strömen regnete.

Endlich, als eine große Sau den Anfang machte und witternd in die Nacht hinaustrottete, begannen sich sehr zögernd auch die restlichen Tiere in Bewegung zu setzen, es waren über hundert. Aber erst als Sohn Klaus mit einem Eimer Kraftfutter vorauslief, zockelten alle hinter ihm her.

Fast eine Stunde hatte es gedauert, bis alle Tiere in der Kirche waren, in der sie dann wie irr geworden herumliefen, weil ihnen die Umgebung fremd war. Aufatmend verschloß Lensing die Kirchentüre, dann räumten er und sein Sohn die Absperrungen in die Scheune.

Es regnete weiter in Strömen. Beide waren völlig durchnäßt, aber zufrieden, daß alles ohne Zwischenfälle abgelaufen war. Sie wechselten die Kleidung und warteten dann in der Küche, was weiter passieren würde. Langsam begannen sie sich Sorgen zu machen, weil aus der Kirche kein Laut zu ihnen drang.

Ratlos saßen sich Vater und Sohn am Küchentisch gegenüber und sahen immer wieder zur Kirche hinüber, in der ihr halbes Kapital herumlief.

Hoffentlich würde es bald hell werden und es Zeit zum Kirchgang sein.

Dann setzten sich beide ans Fenster und beobachteten, wie im Osten der Tag anbrach. Vater Lensing öffnete das Küchenfenster und lauschte, aber in der Kirche war es beängstigend still.

Und plötzlich war es hell.

Die Zeit der Fütterung nahte, die ersten Autos waren unterwegs, Spaziergänger führten ihre Hunde aus, aber aus der Kirche drang, als wäre den Schweinen das Grunzen verboten worden, kein Laut.

Die beiden Kinder des Pfarrers hatten zuerst bemerkt, daß etwas nicht in Ordnung war. Sie bedrängten ihre Eltern nachzusehen, was nicht stimmte, aber ihr Vater beruhigte sie: »Ihr wißt doch, um diese Zeit grunzen die Schweine immer, ihr kennt das doch.«

Der Sohn jedoch rief: »Aber der Schweinestall ist da drüben, die Schweine grunzen aber auf unserer Seite.«

»Die Kinder haben recht«, bekräftigte seine Frau, »das Grunzen kommt von unserer Seite.«

Der Pfarrer verließ voll böser Ahnungen das Pfarrhaus und trat ins Freie, seine Familie folgte ihm. Ja, nun hörten sie es deutlich. Das Grunzen kam zweifellos aus der Kirche.

Sofort wurde dem Pfarrer klar, was vorgefallen

war, und ihm schauderte bei dem Gedanken. Seine Frau sah ihn sorgenvoll an und flüsterte: »Er hat es gewagt, er hat die Kirche entweiht.«

Durch die Seitenpforte schauten die vier in die Kirche und erstarrten: Schweine, überall Schweine; sie lagen auf Teppichen und wälzten sich vor dem Altar, jagten durch die Bankreihen, zwei dicke Schweine versuchten vergeblich, die Stufen zur Predigtkanzel hochzuklettern. Einige Schweine bemerkten die Pfarrersfamilie und rannten auf sie zu, als wären sie diejenigen, die ihnen Futter geben würden.

Die Frau brach in trockenes Weinen aus, aber die Kinder, die anfangs auch besorgt waren, mußten lauthals lachen. Der Pfarrer faßte sich schnell, überlegte, was dieser Schandtat entgegengesetzt werden könnte.

In drei Stunden begann der Gottesdienst, und bis dahin durfte die Kirche kein Saustall bleiben. Entschlossen öffnete der Pfarrer das Portal, und wie auf ein Kommando rannten die Schweine ins Freie, und in weniger als zehn Minuten war von der Schweinerei in der Kirche nichts mehr zu sehen, außer kleinen, erbärmlich stinkenden Denkmalen.

Der Küster, von den Kindern geholt, hatte schnell begriffen, was abgelaufen war. Er rannte fort und kam wenig später mit einer großen Schlauchrolle zurück, schloß den Schlauch an den Wasserhahn an und schrubbte, von der Pfarrersfamilie unterstützt, die Steinplatten sauber. Die Teppiche vor dem Altar wurden eingerollt und in die Sakristei getragen, denn sie mußten in eine Spezialreinigung gegeben werden.

Die eine Stunde später eintreffenden Kirchgänger wunderten sich zwar über die noch feuchten Platten und den Schweinedreck, der vor der Kirche nicht völlig weggeschwemmt werden konnte, auch über den eigenartigen Geruch in der Kirche, aber sie fragten nicht, sondern sahen sich nur ein wenig verwundert an.

Es wurde gesungen und gebetet wie eh und je, aber als der Pfarrer zur Predigt die Kanzel erstieg, da quiekte ein Schwein hinter dem Altar und rannte wie verrückt kreuz und quer durch die Kirche. Das Portal mußte geöffnet werden, der Gottesdienst war eine Viertelstunde unterbrochen.

Die Kirche war an diesem Sonntag jedoch nur

halb gefüllt, denn die Mitglieder aller Bauern-
familien am Ort waren damit beschäftigt,
Schweine einzufangen. Damit hatten sie den
ganzen Sonntag über zu tun.

DIE ANWOHNER staunten nicht schlecht, als am frühen Morgen eines Sonntags auf dem Kirchturm ihres Vororts unterhalb des krähenden Hahns ein Transparent flatterte mit der Aufschrift: »Tut Buße, das Himmelreich ist nahe.«

In weniger als einer Stunde waren viele Bewohner des Vorortes, Männer, Kinder, Frauen auf dem Platz vor der Kirche versammelt und sahen ungläubig zum Transparent hoch. Auch der Pfarrer war längst aus seinem Pfarrhaus geholt worden und war so verblüfft, daß er nur inmitten seiner Gäubigen stand und die Hände zum Gebet gefaltet hatte.

Einige Männer drängten ihn, die Polizei zu rufen, aber der Pfarrer sperrte sich dagegen.

Die Tat war ein Frevel, dennoch standen die Worte auf dem Transparent in der Bibel. Endlich ließ er sich überzeugen und rief von seinem Arbeitszimmer aus die Polizei an, aber auch die drei Polizisten, die wenig später eintrafen, standen ratlos neben ihrem VW-Bus und konnten nur schwer verbergen, daß sie sich über das Transparent amüsierten. Außerdem hatten sie Respekt vor dem Täter, der ein Transparent in so luftiger Höhe befestigen konnte.

Sie mußten natürlich den Turm besteigen, um herauszufinden, wie der Täter nach draußen auf das steile Dach gestiegen war. Doch so sehr sie auch suchten, es fand sich keine Spur. Schließlich fragten sie den Pfarrer, ob er Anzeige erstatten wolle. Das fiel dem Pfarrer schwer, immerhin prangten auf dem Kirchturm keine politischen Parolen, sondern Gottes Wort.

Die Untersuchung der Kriminalpolizei erbrachte nur ein Ergebnis: Von außen konnte niemand den Kirchturm ersteigen, also mußte der Turm von innen erstiegen worden sein. Aber wie? Die Kirche war immer verschlossen, und auch wenn jemand mit einem Nachschlüssel zur Seitenpforte hineingekommen wäre, wie hätte er nach draußen auf das Kirchdach zum krähenden Hahn kommen sollen.

Da man das Transparent nicht ewig hängen lassen konnte, wurde die Feuerwehr der nahen

Kreisstadt gerufen. Sie fuhr ihre langen Leitern aus und holte das Transparent herunter. Das dauerte eine gute Stunde.

Ihre Arbeit wurde von vielen Einwohnern des Vorortes verfolgt; auch von umliegenden Vororten waren Schaulustige mit Autos und Fahrrädern gekommen, denn diese »Schandtat« hatte sich schnell herumgesprochen.

Am folgenden Montag berichtete auch die örtliche Presse darüber, und es wurden Vermutungen angestellt, welches Motiv der Täter haben konnte, zwischen den Zeilen war aus dem Bericht aber Anerkennung für den Unbekannten herauszulesen. Eine andere Lokalzeitung verstieg sich sogar zu der Annahme, das Transparent sei mit Hilfe eines Hubschraubers angebracht worden, was wiederum, wie der Reporter einräumte, nur schwer möglich gewesen sein könne, da ein Hubschrauber einen höllischen Lärm verursache, aber niemand etwas gehört haben will.

Nach vier Wochen war das alles vergessen.

Dann, es war wieder ein Sonntagmorgen, sahen die Bewohner des Vorortes das neue Unglück: Auf dem Kirchturm unterhalb des krähenden

Hahns war abermals ein Transparent angebracht, diesmal mit der Aufschrift: »Tut noch
mehr Buße, das Himmelreich ist schon näher
gekommen.«

Das war nun weiß Gott kein Dummejungenstreich mehr, und auch mit dem Wort Gottes
hatte das nichts mehr zu tun, somit fiel es dem
Pfarrer leicht, noch vor dem Gottesdienst um
zehn Uhr die Polizei zu rufen. Deswegen mußte
der Gottesdienst nicht ausfallen, im Gegenteil.
Die Kirche war voll wie seit Jahren nicht mehr,
auch von auswärts kamen Besucher, die neugierig darauf warteten, was noch geschehen
würde. Die besuchten zwar nicht den Gottesdienst, sie waren nur Gaffer. Am Nachmittag,
als abermals die Feuerwehr das Spruchband
entfernte, mußte sogar die Polizei kommen, um
ein Verkehrschaos zu verhindern.

Noch Tage später fanden sich in den Lokalbe-
richten der beiden örtlichen Zeitungen Vermutungen, ob es sich bei dem Täter um einen Ver-
rückten oder einen religiösen Fanatiker handelte
und wie eine derart gefährliche Tat, noch dazu
ohne Spuren zu hinterlassen, ausgeführt werden konnte.

Man sprach im Vorort kaum noch von etwas anderem mehr, als von dem großen Unbekannten, und viele Bewohner sahen, wenn sie morgens aufstanden, als erstes hinüber zum Kirchturm, der von allen Wohnhäusern aus gut gesehen werden konnte.

Bald machte die etwas schnoddrige Feststellung die Runde, der Heilige Geist selbst habe das Transparent angebracht, um die Leute wieder an ihre kirchlichen Pflichten zu erinnern.

Die Kirche war auch die folgenden Sonntage gedrängt voll, und der unscheinbare und fast vergessene Vorort war in aller Munde.

An die Transparente dachte nach Tagen keiner mehr, dennoch war die Kirche weiter bis auf den letzten Platz gefüllt, einige Besucher mußten sogar stehen.

Und dann, am Pfingssonntag, war im Ort der Teufel los. Auf dem Turm, unterhalb des krähenden Hahns, wehte ein Transparent mit der Aufschrift: »Ihr habt Buße getan, das Himmelreich ist soeben angekommen.« Das war ein Skandal, das war eine unglaubliche Verhöhnung der Einwohner; hatten die Leute die früheren Sprüche schmunzelnd genossen und sich gefreut, daß ihre kleine Gemeinde in die Schlagzeilen auch der überregionalen Presse kam, fühlten sie sich nun verspottet, und deshalb bedrängten sie die Polizei, diesem Teufelstreiben den Garaus zu machen. Der Pfarrer war zutiefst empört, was man seiner Kirche angetan hatte, einige jedoch mißtrauten ihm und hielten ihn für einen Heuchler, der womöglich selbst der Täter war.

Die Predigt des Pfarrers fiel am Pfingstsonntag auch entsprechend aus: Er sprach von falschen Verführern und heuchlerischen Propheten. Aber die Kirche war nicht einmal halb besetzt. Die meisten hielten sich vor der Kirche auf und führten hitzige Debatten darüber, wer ihnen diesen schmachvollen Streich wohl gespielt haben mochte.

Als der Pfarrer nach dem Gottesdienst die Kirche hinter seinen Besuchern verließ, sahen ihm einige zweifelnd nach. Mit dem Vorort begannen sich jetzt auch andere Behörden zu befassen, wie etwa der Staatsschutz, denn man war zu der Überzeugung gelangt, hinter den Transparenten stünden radikale politische Parolen, die mit Bibelsprüchen nur getarnt waren.

Dann fand die Polizei nach abermaliger gründlicher Durchsuchung des Kirchturms einen Hinweis. Sie entdeckte auf der engen Wendeltreppe unterhalb der Kirchturmsuhr einen schwarzen Knopf, der entweder an eine Jacke oder an eine Hose paßte. Bei dem Knopf handelte es sich um ein sehr ungewöhnliches Exemplar, denn er hatte nicht vier, sondern sechs Löcher. Hinzu kam, daß man nach erneutem intensiven Suchen in der Turmspitze zwei Latten fand, die leicht entfernt werden konnten. Dahinter kam eine verdeckte Luke zum Vorschein, die, einmal geöffnet, leicht den Ausstieg ermöglichte. Worüber man fast ein Jahr kopfschüttelnd gerätselt hatte, dafür fand man nun in weniger als einer Stunde die Lösung.

Wem aber gehörte der sechslöcherige Knopf?

Von neuem wurde ermittelt, ein Anwohner begann dem anderen zu mißtrauen. Verstohlen sahen sich die Leute mehr an als sonst, sie sahen sich nicht mehr ins Gesicht, sondern auf die Kleider, sogar Kinder wurden angestiftet, die Erwachsenen genau zu beobachten, ob sie vielleicht einen ungewöhnlichen Knopf an den Kleidern entdecken könnten, besonders einen sechslöcherigen. Das war ansteckend, und das gegenseitige Mißtrauen war bis zum Pfarrer gedrungen, der predigte eines Sonntags, die Leute sollten sich wieder in die Gesichter sehen und nicht auf Jacken oder Hosenschlitze.

Und dann war es soweit. Ein Gottesdienstbesucher erzählte hinter vorgehaltener Hand, er habe genau gesehen, daß der Talar des Pfarrers unterhalb des Kragens mit einem Knopf zusammengehalten werde, der sechs Löcher habe. In den Kneipen wurde offen darüber gesprochen, und man kam zu dem Schluß, daß ein Pfarrer auch nur ein Mensch sei, und vielleicht habe er seine guten Gründe, Transparente auf dem Kirchturm zu hissen. Andererseits, wenn er wirklich der Gesuchte wäre, niemals würde ein Pfarrer mit einem Talar, der beim Klettern überaus hinderlich war, den Kirchturm besteigen.

Ein Gastwirt, der den Pfarrer nie mochte, weil der es nie verabsäumte, von der Kanzel herunter gegen Alkoholkonsum zu wettern, erstattete Anzeige. Die Polizei vernahm den Pfarrer, der Talar hatte tatsächlich Knöpfe mit sechs Löchern, doch die Knöpfe waren aus Metall, der gefundene allerdings war aus Plastik. Somit mußte auch diese Untersuchung ergebnislos abgebrochen werden.

Der Pfarrer lachte über diese Albernheiten, aber am folgenden Sonntag lachte er nicht mehr.

Als er um zehn Uhr morgens vor den Altar trat, war die Kirche leer, nur der Küster saß in der ersten Bank, und der Organist spielte die Orgel.

Der Pfarrer sang allein, der Pfarrer predigte vor einer leeren Kirche, der Pfarrer spendete seinen Segen vor Menschen, die nicht in den Bänken saßen.

Noch immer predigt der Pfarrer vor einer leeren Kirche.

NEBEN DEM HAUPTEINGANG zum Kaufhaus KARSTADT saß auf einer umgestülpten Gemüsekiste ein Bettler. Er hatte graues, wildgelocktes Haar und einen sogenannten Dreitagebart. Sein Alter war schwer zu schätzen, er konnte fünfzig aber auch siebzig Jahre alt sein. In seinem Schoß lag ein speckiger Filzhut, in dem nur wenige Münzen lagen. Rechts neben ihm lehnte ein aufgeschlitzter brauner Karton an der Wand des Kaufhauses, darauf stand in ungelenker Blockschrift zu lesen: »Habe keine Wohnung. Suche leichte Arbeit. Ich nehme auch Nahrungsmittel an.«

Tausende von Passanten gingen an diesem Samstagvormittag achtlos an ihm vorbei. Der von Ost nach West führende HELLWEG war die Einkaufsmeile der Stadt, die auch von zahlreichen Käufern der umliegenden Dörfer und Kleinstädte aus dem Münster- und Sauerland besucht wurde.

Ohne den Bettler näher anzusehen, warfen einige Vorübereilende Münzen in den Hut, wie man einem bettelnden Hund einen Knochen zuwirft. Vielen Käufern schien der Bettler ein Ärgernis zu sein, das war von ihren Gesichtern abzulesen.

Unversehens wurde der Bettler von vier jungen Männern umringt, alle vier hatten ihr Haar strähnig gefärbt. Einer von ihnen griff in den Hut und holte einige Münzen heraus, ließ sie aber sofort wieder langsam, als wollte er sie zählen, in den Hut zurückgleiten. Die vier jungen Männer, einheitlich in verwaschenen Jeans gekleidet, grinsten und stießen sich gegenseitig an. Schließlich gingen sie feixend fort. Der Bettler sah ihnen ein wenig eingeschüchtert nach.

Nach einer knappen Viertelstunde kehrten die vier zurück, einer von ihnen trug eine volle Tüte im Arm. Zwei setzten sich links, zwei rechts neben den Bettler, der sie mißtrauisch betrachtete. Ihm war nicht wohl in seiner Haut.

Der Mann mit der vollen Tüte verteilte an seine Kumpane dick belegte französische Sandwiches, auch dem Alten reichte er eines mit Wurst, Käse und Salatblättern. Zögernd nahm es der Alte an, und als er sah, daß die vier jungen Männer herzhaft zubissen und ihn gar nicht beachteten, begann auch er mit Heißhunger zu essen.

Es war ein bizarres Bild: Ein verlodderter Mann unbestimmbaren Alters wird links und rechts von zwei Irokesen eingerahmt, alle fünf kauten mit sichtlichem Appetit.

Diese Gruppe war nun für die Vorübergehenden viel interessanter, als es vordem der einsame Bettler gewesen war.

Immer mehr Leute blieben neugierig stehen und warfen Münzen in den umgestülpten Hut.

Alle fünf hatten nun ihre Mahlzeit beendet. Die vier Irokesen erhoben sich und postierten sich neben den Alten. Es sah aus, als besitze der Bettler eine Leibwache. Abwechselnd riefen sie zu den Passanten: »Nun gebt doch dem armen Schlucker ein Scherflein.«

»Tragt euer Geld nicht in die Kaufhäuser. Die Kaufhäuser haben genug davon.«

»Spendet, Leute, der Himmel wird es euch tausendfach vergelten.«

»Wenn dein Geld im Hute klingt, deine Seele in den Himmel springt.«

Die Zahl der Neugierigen wuchs, sie vermuteten Marktschreier oder etwas noch Sensationelleres; schließlich gab es sogar ein Gedränge. Einige Passanten reagierten verärgert, als sie den Grund des kleinen Auflaufs sahen, aber die Mehrheit der Gaffer lachte über die flotten Spüche der jungen Männer, und die vier Irokesen hatten erreicht, was sie wollten: Kaum einer ging vorbei, ohne eine Münze in den Hut zu werfen.

Der Hut füllte sich zusehends, obwohl ihn der Bettler immer wieder verstohlen etwas leerte und die Münzen in den Taschen seiner Jacke verschwinden ließ. Wieder rief einer: »Liebe Leute laßt euch sagen, in den Hut wird abgeladen, ob nun Münze oder Schein, Christi Dank wird euch sicher sein.«

Als um vierzehn Uhr die Kaufhäuser ihre Pforten schlossen, war der Hut, trotz mehrmaliger Entnahme, randvoll. Die vier Männer halfen dem Bettler auf die Beine.

Einer mußte den schwer gewordenen Filzhut mit den Armen umfassen und an seinen Bauch pressen, sonst wäre der Hut geplatzt. Die anderen drei bugsierten den Alten zum Brunnen an der Reinoldikirche. Dort ließen sie sich nieder und begannen, trotz vieler Zuschauer, das Geld zu zählen. Auch die schwer nach unten ziehenden Sakkotaschen mußte der Alte entleeren, der alles widerspruchslos über sich ergehen ließ, wenngleich er um seine Einnahmen fürchtete. Widerstand wäre ohnehin zwecklos gewesen, die jungen Männer waren sowieso stärker und gewandter als er.

Als sie mit dem Zählen des Geldes fertig geworden waren, sagte einer: »So, Alter, gib mal deinen Seesack her.«

Zögernd reichte ihm der Alte seinen Seesack, ein anderer löste die Verschnürung, wieder ein anderer schüttete die Münzen, die gesamte Tageseinnahme, hinein, als wäre es Kies.

»Na, Alterchen, das hat sich heute gelohnt. Natürlich dank unserer Unterstützung. Davon kannst du gut und gern einen Monat leben wie Gott in Frankreich.«

Einer warf ein: »Du wirst noch zum König der Bettler aufsteigen.«

»Ich danke den jungen Herren auch ganz schön für die Unterstützung. Meistens habe ich am Tag nicht mehr als fünf bis sieben Mark. An Samstagen sind es schon mal fünfzehn, aber nur wenn das Wetter gut ist.«

»Nichts zu danken. Sag mal, wo schläfst du eigentlich die Nacht über?«

»Bei der Heilsarmee.«

»Gute Adresse. Erstes Haus am Platze. So, nun paß mal schön auf. Morgen haben wir gemeinsam einen Termin...«

Da sprang der Alte auf und rief: »Ich bin ein freier Mann und habe keine Termine mehr.«

»Beruhige dich. Morgen mittag, sagen wir mal, genau um elf Uhr, kommst du zum Vorplatz am Hauptbahnhof. Wir werden auch dort sein. Dann ziehen wir das gleiche Spielchen ab wie heute. Verstanden?«

Er sah die jungen Männer mißtrauisch an, er witterte Hinterhältiges, aber die Männer lachten ihn an, und der Alte unterdrückte seine Zweifel und dachte nur noch an die zu erwartenden Einnahmen.

»Ihr wollt mir tatsächlich wieder helfen? Das finde ich nobel von euch. Pfundskerle seid ihr.«

»Natürlich, Alterchen, wir sind doch keine Unmenschen, wir predigen nicht Nächstenliebe, wir praktizieren sie, wie es sich für gute Christen gehört. Aber morgen läuft das Spielchen etwas anders. Ab morgen geht alles nur noch halbe-halbe. Die eine Hälfte im Hut gehört dir, die andere uns. Ist das klar?«

Ein anderer ergänzte: »Dabei bist du noch gut bedient, denn du hast eine Hälfte für dich allein, die andere müssen wir vier uns teilen. Ist das nicht großzügig von uns?«

Die vier lächelten sich freundlich an, der Bettler nickte ergeben.

ALS DER VIERZEHNJÄHRIGE JUNGE mit seinem großen schwarzbraun gestreiften Schäferhund die U-Bahntreppe hochgehastet war, sah er am Ausgang des Schachtes einen Trupp junger Männer, die ausgelassen tanzten und grölten. Sie hatten nackte Oberkörper, Arme und Brustkörper waren tätowiert mit Emblemen wie Hakenkreuzen, auch mit Hammer und Zirkel. Die fünf jungen Männer ließen ihre Muskeln spielen, stänkerten vorüberhastende Passanten an, schickten ihnen zotige Sprüche nach, und wenn sich jemand darüber empörte, lachten sie ihn lauthals aus, tanzten weiter, fletschten die Zähne und deuteten auf ihre Tätowierungen, die sie wie Orden trugen.

Schließlich umkreisten sie drei etwa zwanzigjährige Frauen so eng, daß keine von ihnen mehr flüchten konnte. Die Frauen kreischten laut und schrien um Hilfe.

Als ein etwa fünfzigjähriger, kräftig wirkender

Mann gegen diese Rüpelei einzuschreiten und den engen Ring der tanzenden Männer zu durchbrechen versuchte, wurde er von zwei von ihnen abgedrängt und zu Boden gestoßen.

Eine ältere Frau rief nach der Polizei. Die fünf lachten nur und fletschten die Zähne. Eine der drei eingekreisten Frauen ließ sich auf das Pflaster niedersinken und brach in hysterisches Schluchzen aus.

Aber die Männer tanzten weiter ihren wilden Tanz, grölten dabei immer lauter, einer rief und deutete dabei auf die am Boden sitzende und laut weinende Frau: »Seht euch bloß diese Heulsuse an, die kann keinen Spaß vertragen.«

Der Junge mit dem Schäferhund, der zuerst dem Treiben verständnislos und dann mit wachsender Empörung zugesehen hatte, näherte sich vorsichtig der am Boden liegenden jungen Frau und schrie laut: »Aufhören. Hört sofort auf, sonst hetze ich euch meinen Hasso auf den Hals.«

Die fünf waren einen Moment verdutzt, unterbrachen ein paar Sekunden ihren Tanz, so daß eine der eingekreisten Frauen entschlüpfen konnte, dann aber lachten sie den Jungen aus, und einer rief: »Daß mir keiner den Köter beißt.« Sie begannen laut lachend ihren Tanz fortzusetzen, da aber löste der Junge, ohne daß es irgend jemand bemerkte, das Drosselband vom Hals seines Hundes, beugte sich zum Ohr des Tieres und flüsterte: »Hasso faß! Faß die Nackten.«

Der Hund sprang, als würde er von einem Katapult abgeschossen werden, auf den erstbesten der Tanzenden zu und biß wie wild um sich. Dann ließ er von dem jammernden und leicht blutenden jungen Mann ab, stürzte sich auf den nächsten und biß ihm in die Wade. Der rannte hinkend und schreiend seinem Freund hinterher. Wie eine wilde Bestie verbreitete der Hund Furcht und Schrecken, er griff auch die anderen Männer mit nackten Oberkörpern an.

Die zwei, drei nicht verletzten Tänzer versuchten, sich gegen den Vierbeiner zu wehren, aber der Hund, von einer unglaublichen Kraft und Gewandtheit, biß und kratzte blindlings um sich, so daß auch der letzte der Tätowierten fluchtartig den Schauplatz verließ.

Ein paar Schritte rannte der Hund ihnen noch hinterher und kehrte dann aber nach einem Pfiff des Jungen schwanzwedelnd um und setzte sich zu Füßen seines Herrchens. Der Junge tätschelte ihm den Hals und legte ihm das Drosselband wieder um.

Der fünfzigjährige Mann, der vorher vergeblich versucht hatte, den Frauen zu helfen, und der zu Boden gestoßen worden war, streichelte auch vorsichtig den Kopf des Hundes.

»Der Hund ist aber ein ganz Gefährlicher«, sagte er zu dem Jungen.

»Ach wo«, antwortete der Junge, »das sieht nur so aus. Mein Hasso tut keiner Fliege was zuleide. Zu Hause darf sogar unsere Katze auf seinem Rücken rumtanzen.«

ERSTER SONNTAG IM MAI, zehn Uhr abends. Die Müllabfuhr streikte bereits den vierten Tag.

Die Mülltonnen mit der Aufschrift: »Haltet eure Stadt sauber«, waren vollgestopft, Berge von Unrat lagen daneben und wurden zum Teil hochgewirbelt und fortgetragen.

Besonders in Hauseingängen und Toreinfahrten bildeten sich ideale Windfänge für den Abfall, waden- bis knietief war der Dreck angeweht. Auch die Plastikteller und Plastikbecher eines Fastfoodrestaurants wurden durch die Straßen getrieben.

Über den Hellweg zogen zwei vierzehnjährige Jungen einen Handwagen. Sie trugen Mützen und Arbeitshandschuhe, sammelten das Plastikgeschirr ein und stopften es in große blaue Müllsäcke.

Fünf der prall gefüllten großen Plastiksäcke waren bereits auf dem Handwagen gestapelt und verschnürt, aber die beiden Jungen sammelten den Plastikabfall mit verbissenem Eifer weiter und zogen ihren Handwagen hinter sich her; auch in Nebenstraßen trugen sie Becher und Teller zusammen und steckten alles in den noch nicht gefüllten Müllsack.

Verwundert verfolgten die wenigen Passanten, die durch die trostlosen Straßen bummelten, das Treiben der beiden Jungen, gingen aber achselzuckend weiter. Sie vermuteten, die beiden Burschen werden wohl von irgendjemand beauftragt worden sein und wollten sich noch etwas Taschengeld dazu verdienen.

Einige wenige ekelten sich vor der Sammelwut der beiden und gaben ihrem Abscheu lauthals Ausdruck.

Hochaufgetürmt lagen am Ende acht gefüllte Säcke auf dem Handwagen, für einen weiteren war kein Platz mehr.

Die beiden gingen Richtung Westenhellweg weiter, einer zog und führte die Deichsel, der andere schob und achtete darauf, daß die Fracht nicht herunterfiel. Vor dem Imbißlokal »McDonald's« hielten sie an und begannen in aller Seelenruhe ihre Fuhre zu entladen. Sack für Sack stapelten sie, ohne sich von den sprachlosen Passanten irritieren zu lassen, vor der Tür des Restaurants die Säcke aufeinander. Bald war die Tür bis zum oberen Abschluß zugebaut. Die blaue Wand glich einem Schutzwall.

Als sie alles entladen und gestapelt hatten, nahmen beide die Deichsel der Handkarre und zogen ab, ruhig und ernst, als sei das, was sie soeben gemacht hatten, ihre tägliche Arbeit.

Ein Mann hatte ihr Tun von Anfang an mit wachsendem Staunen beobachtet. Als er sah, daß sie mit dem leeren Wagen weiterzogen, lief er schnell hinter ihnen her und brüllte: »Seid ihr beide denn verrückt geworden? Ihr könnt doch nicht mir nichts dir nichts diesen Dreck vor anderer Leute Tür abladen. Ihr habt wohl beide einen Knick im Hirn.«

Die Jungen hielten an und drehten sich um, und einer von ihnen sagte ganz ruhig: »Warum regen Sie sich eigentlich auf, wir haben doch nur das zurückgebracht, was die Leute, die in dem Lokal etwas kauften, unterwegs verloren haben.« Beide lächelten den verblüfften Mann an, faßten wieder die Deichsel und setzten ihren Weg fort.

AN DER DURCHGANGSSTRASSE wurde nun ein halbes Jahr gearbeitet. Seit einem halben Jahr stand die Walze nach Feierabend auf dem Parkstreifen vor Lohmanns Haus, was die Lohmanns ärgerte, deren Sohn Günter aber freute.

Ein halbes Jahr hatte Günter sehnsüchtig die Straßenwalze betrachtet und sich innigst gewünscht, einmal mitfahren zu dürfen, mehr noch, sie einmal selber fahren zu dürfen. Manchmal schlich er sich, wenn er sich unbeobachtet glaubte, in das Führerhaus der Walze und streichelte das Lenkrad, das an einer lang in das Führerhaus reichenden Lenksäule silbern glänzte. In seiner freien Zeit hatte er häufig zugesehen, wie die Walze von einem braungebrannten Mann über den aufgeworfenen Schotter gefahren wurde.

Zu seinen Mitschülern hatte Günter gesagt: »Eines Tages werde ich die Straßenwalze fahren.«

Sie hatten ihn lauthals ausgelacht, dabei war Günter für seine zwölf Jahre nicht klein, er war der längste in der Klasse, hoch aufgeschossen, aber schmal; Hopfenstange hatten sie ihn genannt.

Von diesem Tag an wurde Günter jeden Morgen in der Schule gefragt: »Na, haste die Walze gefahren? Wieviel PS hat sie denn? Welche Höchstgeschwindigkeit fährt sie? Hast alle Mercedese überholt?«

Anfangs hatte Günter dieses Fragespiel mitgemacht, hatte über besonders ironische Fragen gelacht und spaßige Antworten gegeben. Dann, als die Fragerei nicht nachließ, begann er sich zu ärgern, aber er hatte sich seinen Ärger nicht anmerken lassen.

Schließlich wurde er wütend und schlug auf diejenigen ein, die noch zu fragen wagten. Als aber keiner mehr Fragen stellte, sprach auch keiner mehr mit ihm. In den Schulpausen stand er allein in einer Ecke des Schulhofes und wartete sehnsüchtig auf das Klingelzeichen für das Pausenende.

Das ging einige Wochen so. Dann durfte er einmal auf der Walze mitfahren, er hatte für den

Walzenfahrer Zigaretten geholt und eine Flasche Bier. Der Mann wollte ihm dafür zwei Groschen geben, aber Günter fragte, ob er mitfahren dürfe, und der Mann hatte ihn lachend hochgewunken.

Günter hatte während der einen Stunde, die er mit dem Mann im Führerhaus stand, genau aufgepaßt, wie die Hebel und Griffe zu bedienen waren. Danach war er überzeugt, daß er die Walze nun selber bedienen könne. Für den Abend nahm er sich vor, die Maschine, sobald die Arbeiter abgezogen waren, allein zu fahren, egal was kommen mochte.

Nach Feierabend schlich er an der Baubaracke herum, in der sich die Arbeiter umkleideten, um auszukundschaften, wo der Walzenführer den Zündschlüssel versteckte, aber er bekam es nicht heraus.

Es blieb ihm nichts anderes übrig, als die Tür zur Baubaracke aufzubrechen, dafür hatte er aus dem Werkzeugkasten seines Vaters einen großen Schraubenzieher entwendet, mit dem sich die Türverschraubung leicht lösen ließ, die Tür ließ sich leicht öffnen, das Schloß sprang schon beim kleinsten Druck auf, und da er die Kleidung des Walzenfahrers kannte, suchte er sie als erstes durch, fand auch sofort den Schlüsselbund. Der große flache Schlüssel, das wußte er, war der Zündschlüssel.

Günter, zu allem entschlossen, trat wieder ins Freie. Es war ein warmer Abend, die Sonne stand hoch im Westen.

Er stieg in das Führerhaus der Walze, als hätte er das schon immer getan. Ein Mann drohte ihm lachend im Vorbeigehen mit dem Finger, rief ihm auch etwas zu, doch Günter verstand es nicht, und da der Mann weiterlief, machte er sich auch nichts daraus.

Günter war ganz ruhig. Als er den Schlüssel in den Spalt schob, leuchtete ein rotes Licht auf, aber der Motor sprang nicht an. Er probierte es, drehte dann den Schlüssel nach rechts: Die Walze bebte einen Moment, der Motor lief.

Er lehnte sich zurück, spürte das gleichmäßige Tuckern unter seinen Füßen und hätte schreien und den Leuten zurufen wollen, daß er das alles allein geschafft hatte, aber weit und breit war kein Mensch zu sehen. Dann legte Günter ohne große Mühe, wie er es sich gemerkt hatte, den großen Hebel um. Das Gefährt setzte sich langsam in Bewegung, und der Schotter knirschte unter den Walzen.

Hundert Meter hatte er schon zurückgelegt, niemand hatte ihn bemerkt, niemand sah, wie sich das stählerne Ungetüm geradeaus auf die Koppel zu bewegte, auf der Pferde und Schafe weideten.

Nun wurde es Günter doch mulmig, weil die Walze sich nicht lenken ließ, so sehr er auch an dem großen Steuerrad riß, die Walze fuhr geradeaus weiter, und wie ihm schien, mit rasender Geschwindigkeit.

Das Steuerrad war blockiert, aber er wußte nicht, wie es zu lösen war.

Dann ging alles sehr schnell, die Holzpfosten knickten zusammen, der Draht zerriß, die Walze fuhr und fuhr, als würde sie von unsichtbarer Hand immer geradeaus gelenkt, sie befand sich schon auf der Wiese, die hart geworden war, weil es seit Wochen nicht geregnet hatte. Die Schafe rannten weg, die Pferde trabten zur Seite, blieben dann aber doch in einiger Entfernung stehen. Das hatten sie noch nicht gesehen, ein stählernes Ungetüm auf ihrer Weidefläche.

Günter begann zu schreien, aber wer sollte ihn

hören? Er war schweißgebadet und erschöpft. Keiner von den vielen Hebeln ließen sich auch nur einen Millimeter bewegen.

Die Walze hatte die Koppel überquert und auf der anderen Seite ebenfalls den Zaun niedergerissen, die Pfosten knickten wie Streichhölzer in der Hand eines Riesen, die Walze fuhr über den kleinen Weg und dann schnurgerade auf den Fußballplatz, der vor der Schule lag, die Günter besuchte.

Nun kam ein leichter Anstieg auf einem Aschenweg, und Günter hoffte inständig, die Walze würde die leichte Steigung nicht schaffen und zum Stehen kommen, aber sie bewegte sich mit einer derartigen Gleichmäßigkeit weiter, als würde sie nicht ein Motor vorwärts treiben, sondern zwei.

Günter hatte es längst aufgegeben, an den Hebeln zu zerren, das führte ohnehin zu nichts, er hätte abspringen können, aber davor hatte er Angst. Innerlich betete er: Walze bleib stehen.

Aber die Walze fuhr in Richtung Fußballplatz, durchbrach erneut eine Absperrung und fuhr nun über den Aschenplatz.

Am gegenüberliegenden Tor spielten einige Jungen Fußball. Sie ließen ihren Ball einfach liegen, liefen an den Rand des Platzes und warteten, was sich nun wohl ereignen würde.

Da Günter sich im Führerhaus zusammenge-kauert hatte, sah das für die Jungen so aus, als führe die Walze ohne Fahrer, eine Geisterwalze.

Die Walze begrub das Fußballtor unter sich, die Walze zog das Netz des Tores hinter sich her, die Walze fuhr auf die Straße zum Parkplatz, auf dem die Lehrer ihre Fahrzeuge parkten, die Walze fuhr auf das Schultor zu, als wäre das ihr Ziel.

Günter hatte sich halb erhoben und sah das Tor auf sich zukommen, das Tor wurde immer höher und breiter, die Walze schleuderte plötzlich die beiden gläsernen Flügel beiseite und fuhr in die Pausenhalle hinein. Es krachte und splitterte.

Die Jungen vom Fußballplatz rannten hinter der Walze her, sie hätten sie einholen und sogar überholen können, doch sie waren vorsichtig und hielten Abstand, da sie glaubten, die Walze habe keinen Fahrer.

Der Hausmeister, dessen Wohnung gleich neben dem Haupteingang lag, hörte das Splittern und Knirschen, rannte auf den Schulhof und konnte

gerade noch sehen, wie die Walze in der Pausenhalle verschwand.

Günter hatte sich, um sich zu schützen, auf den
Boden des Führerhauses gesetzt und zitterte nur
noch. Dann gab es plötzlich einen Ruck, der Motor heulte auf, die Walze erzitterte wie von Rie-
senhänden geschüttelt, und dann war Stille, un-
heimliche Stille. Günter wagte endlich, seinen
Kopf zu heben: Die Walze hatte sich an einem
Betonpfeiler festgefahren, und als sich Günter
über die Brüstung der Fahrerkabine hinaus-
beugte, sah er unten den Hausmeister vor sich
stehen. Der grauhaarige Mann starrte ihn ungläubig an. »Fährst du immer so zur Schule?«
fragte der Hausmeister. Auch die anderen Jungen vom Fußballplatz kamen näher, keiner
sprach, alle sahen nur auf die Walze und die Zer-
störungen, die sie angerichtet hatte.

»He, du da oben, ich habe dich etwas gefragt,
nämlich, ob du immer so zur Schule fährst?«
Langsam kletterte Günter von der Walze, stand
dann zerknirscht vor dem Hausmeister und
brachte nur noch heraus: »Ich habe die Walze
gefahren, von der Siedlung bis hierher.«
Dann sah er Martin unter den gaffenden Jungen

stehen, der ihn in den letzten Wochen am meisten gehänselt hatte, und sagte deshalb noch einmal laut und mit Nachdruck: »Ich habe die Walze gefahren, ich ganz allein.«

Der Hausmeister fragte: »Sag mal, wie bist du denn so schnell in die Halle gekommen und auf die Walze. Oder warst du etwa noch in der Schule?«

Günter stammelte: »Aber ich habe doch die Walze gefahren.« Fast wäre er in Tränen ausgebrochen.

»Nun hau bloß ab und sei froh, daß dir nichts passiert ist.«

»Aber einer muß doch die Walze gefahren haben«, jammerte Günter, »die kann sich doch nicht ohne Fahrer vorwärts bewegen.«

Die Jungen, es waren von der nahen Siedlung noch einige hinzugekommen, lachten und lachten.

»Soso, du hast sie gefahren«, grinste der Hausmeister, »soso. Ich will dir mal was sagen, mein Junge, wenn du nicht sofort verduftest und weiter drauflos lügst, dann rutscht mir die Hand aus.«

»Und wie ist die Walze hierher gekommen?« fragte Günter.

»Das wird sich aufklären«, antwortete der Hausmeister, nahm Günter am Nacken und führte ihn durch die Pausenhalle zum zerstörten Tor. Die Jungen standen Spalier und johlten.

Martin baute sich vor ihm auf und schrie in sein Gesicht: »Das hast du dir gut ausgedacht, was, im letzten Moment auf die Walze springen und dann so tun, als ob du sie gefahren hättest.«

Alle lachten, grölten und zischten Günter aus. Fluchtartig verließ Günter die halbzerstörte Pausenhalle.

SCHRÄG GEGENÜBER der Reinoldikirche, unweit des Alten Marktes, unter dem die U-Bahnen sich kreuzen, errichtete die Stadt einen etwa zwanzig Meter hohen Pylon, eine abstrakte Stahlkonstruktion, die, mit etwas Phantasie betrachtet, einem mißratenen Obelisk glich. Oben lief der Pylon wie ein spitzer Nagel zu.

Viele Bürger, allen voran die Anwohner, hatten gegen die Errichtung protestiert, sie fürchteten, der Blick auf die tausendjährige Kirche werde verbaut. Aber das Stadtparlament hatte sich mit Mehrheit durchgesetzt und den Pylon errichten lassen.

Als das stählerne Ungetüm fertig montiert war, fanden die Einwohner, allen voran wieder die Anrainer, den Pylon nicht mehr so häßlich, wie sie ihn sich anhand der Zeichnungen vorgestellt hatten, die wochenlang im Stadthaus aushingen. Nun vertraten einige sogar die Ansicht, das Stahlgebilde gebe der Stadt einen gewissen weltmännischen Pfiff und könne auf Ansichtskarten als Wahrzeichen abgebildet werden.

Bald hatte der Pylon auch einen Spitznamen – NAGEL WESTFALICA.

An einem Samstagvormittag, genau um neun Uhr, als die Läden ihre Türen öffneten, begann auf dem Platz vor dem Pylon ein Chor zu singen. Eine Gruppe von etwa dreißig jungen Männern schmetterte aus Leibeskräften die Internationale.

Das lockte viele Neugierige an, und die sahen zu ihrer grenzenlosen Verblüffung noch eine weitere Überraschung: Hoch oben an der Spitze des Pylon blähte sich die Nationalfahne der früheren DDR.

Es kamen immer mehr Schaulustige, einer machte den anderen auf das Ungeheuerliche aufmerksam, einige Passanten reagierten sogar zornig, die Mehrheit aber fand das lustig. In Gruppen und Grüppchen erging man sich darüber, wie ein Mensch – oder vielleicht auch mehrere – in so luftiger Höhe eine Fahne hatte anbringen können. Das mußte ein Affenmensch gewesen sein oder ein versierter Bergsteiger.

Noch wurde darüber gerätselt, daß der Pylon

unbemerkt erklommen werden konnte, denn immerhin war der Platz die ganze Nacht über taghell erleuchtet. Es wurde auch darüber gestritten, ob es nur ein Dummejungenstreich war oder mehr dahinter steckte.

Ein kleiner Menschenauflauf zieht zwangsläufig immer mehr Neugierige an, bald waren es über tausend, die sich auf dem Platz vor dem Pylon scharten, und es war nur noch eine Frage der Zeit, wann die ersten Ordnungshüter auftauchen würden, obwohl niemand den Verkehr behinderte. Der Platz war seit Jahren für den Autoverkehr gesperrt.

Es fuhr nicht ein Polizeiauto vor, sondern drei, es stiegen nicht drei Polizisten aus, sondern sechs. Aber auch die Polizisten wußten anfangs nicht, als sie die Fahne flattern sahen, was zu tun wäre. Sie waren ratlos.

Als die Uniformierten sich endlich im Gänsemarsch Richtung Pylon in Bewegung setzten, öffnete ihnen die Menge bereitwillig eine Gasse bis zum U-Bahneingang, denn sie wartete gespannt darauf, was sich in den nächsten Minuten abspielen würde. Die Sänger aber waren längst verstummt, und auch aus der Menge wagte kaum einer noch, laut zu sprechen. Wenn, wurde geflüstert und gewispert, und das hörte sich an, als würde ein leichter Wind über den Platz wehen.

Die Menschen getrauten sich erst wieder, laut zu sprechen, als zwei große Feuerwehrautos auf den Platz fuhren und die Feuerwehrleute ihre langen Leitern auszufahren begannen.

Ein Passant rief: »Laßt doch die Fahne oben, der Nagel kann etwas Farbe vertragen.«

Ein anderer erwiderte laut: »Was denn! Was denn! Diesen Staat gibt es nicht mehr, also gibt es auch diese Fahne nicht mehr, folglich muß sie runter. Basta.«

Einige lachten, einige schimpften, und in diesem Pro und Kontra geriet die Menge in eine Debattierhitze, daß sie Polizei und Feuerwehr völlig vergaß. Die Fahne war längst eingerollt und die Feuerwehr abgefahren.

Ein Polizist forderte durch Megaphon die Menschen freundlich auf, sich zu zerstreuen, doch kaum einer beachtete diese Anweisung. Alle Menschen redeten aufeinander ein, als stünde eine Entscheidung von großer Wichtigkeit zur Diskussion. Dabei ging es längst nicht mehr um die Fahne, sondern um den Pylon, denn darin waren sich plötzlich alle einig, dieses Monstrum müsse wieder abmontiert werden, dann wären solche Kindereien nicht mehr möglich.

Ein älterer Mann brachte es schließlich auf den Nenner: WESTFÄLISCHER NAGEL sei eine Beleidigung für Westfalen. Sargnagel müßte das Scheusal heißen.

»Jawohl, Sargnagel, damit ihr es nur wißt.«

Die ihn hören konnten, klatschten Beifall.

Seit diesem Vorkommnis heißt der Pylon im Volksmund nur noch SARGNAGEL.

DIE BEIDEN ABGEWOHNTEN HÄUSER
und das Gelände, auf dem sie standen, wurden
von den Einwohnern des Vororts seit jeher ab-
schätzig SING-SING genannt.

Die beiden Verwaltungsgebäude des früheren
Lagers, nicht größer als zwei Einfamilienhäuser,
lagen etwa einen Kilometer außerhalb des Vor-
ortkerns und waren den Einwohnern ein stetes
Ärgernis, ja, sie schämten sich sogar deswegen,
denn der Vorort war wegen des Geländes in Ver-
ruf geraten.

Beide Häuser waren zudem Zeugnisse jüngster
deutscher Vergangenheit, an die kein Mensch
mehr erinnert werden wollte.

1935, beim Bau der Autobahn von Berlin ins
Ruhrgebiet, wurden vierzehn Steinbaracken
und die beiden Verwaltungshäuser für die
Straßenbauarbeiter errichtet, 1938 zogen in die
verwaisten Baracken junge Männer des Reichs-
arbeitsdienstes ein, 1939 folgten die ersten pol-

nischen Kriegsgefangenen, 1941 kamen die ersten russischen Kriegsgefangenen, 1944 folgten Zwangsarbeiter aus dem Osten, 1945 folgten die ersten Flüchtlinge aus Schlesien, 1955 wurden wegen Baufälligkeit die Steinbaracken abgerissen, nur die beiden früheren Verwaltungsgebäude blieben stehen und wurden notdürftig renoviert.

Zu Beginn der sechziger Jahre bezogen die ersten italienischen Gastarbeiter die beiden Häuser, die aber suchten sich beizeiten menschenwürdigere Behausungen. Dann folgten die ersten Türken, Anfang der siebziger Jahre machte sich in den wieder verlassenen Häusern eine Kommune breit, aber auch die blieb nicht lange, es war ihnen dort zu einsam, die Wege zum Einkauf zu weit.

Dann standen die beiden Häuser wieder leer und verlodderten zusehends, niemand fühlte sich für Abriß oder Renovierung verantwortlich, und auf dem Gelände der früheren Steinbaracken wuchsen Sträucher und Bäume zu einem fast undurchdringlichen Dickicht zusammen.

Dann kamen die ersten Asylanten aus Pakistan, und damit begann Mitte der achtziger Jahre der

Aufstand der Bürger gegen dieses Wohnloch. Die neuen Insassen waren den Anwohnern zu farbig, zu exotisch, und einige fanden sie auch zu dreist.

SING-SING war umgeben von Feldern, die dem Bauern Lewerenz gehörten. Er baute dort Weizen, Gerste und Mais an. Damals, 1936, wurde das Gelände, das seinem Großvater gehörte, für den Bau der Baracken kurzerhand enteignet, seitdem übertrug sich der Groll wegen der Enteignung auf alle Lewerenz-Nachkommen. Auf dem Prozeßweg hatte der jetzige Lewerenz versucht, sein Land wiederzubekommen, aber er verlor alle Verfahren, schließlich sei er damals ja entschädigt worden, aber die Entschädigung war nicht der Rede wert und heute schon gar nichts.

Bauer Lewerenz, sonst die Ruhe selbst, wurde mit Einzug der Asylanten, die er nur Zigeuner nannte, immer unleidlicher. Niemand, nicht einmal die Ausländerbehörde, wußte genau, wieviele Menschen in den beiden Häusern hausten, vielleicht eine große, kinderreiche Familie oder aber mehrere Familien, zu sehen war bei gutem Wetter immer nur eine Horde etwas verwahrlost aussehender Kinder.

Im Vorhof der beiden Häuser befanden sich zwei große Mülltonnen, aber weil sie nicht regelmäßig entleert wurden, stapelte sich meistens der Abfall, und, was den Zorn des Bauern noch steigerte, der Abfall aus beiden Häusern landete auf seinen Feldern: Dosen, Flaschen, Plastiktüten, Karton und was es an Verpackungsmaterial sonst noch so gab.

Bauer Lewerenz fuhr deshalb einmal mit seinem großen Traktor auf den Hof von SING-SING und stellte die Bewohner zur Rede. Nur die Kinder fanden das aufregend, für sie waren der große Traktor und der schimpfende Mann eine Abwechslung und damit ein Fest.

Viele Male hatte Bauer Lewerenz versucht, mit den Leuten zu sprechen, jedes Mal wieder, und nichts veränderte sich. Auch wenn er sich mit Beschwerden an die Verwaltung wandte, Reaktionen blieben aus. Ab und zu ließ sich jemand von der Ausländerbehörde sehen, nahm eine kurze Besichtigung vor und fuhr achselzuckend wieder ab. Dann wurden die Mülltonnen für eine kurze Zeit ordnungsgemäß entleert, aber nach ein, zwei Wochen trat der alte Schlendrian wieder ein.

Solange auf den Feldern die Saat wuchs, war der Unrat leicht zu entdecken und einzusammeln, aber wenn das Getreide höher stand, war vom Abfall nichts mehr zu sehen. Die Folge: Bei der Ernte traten oft erhebliche Verzögerungen ein, weil der Unrat an den Erntemaschinen nicht selten Schaden anrichtete. Durch die Reparatur verlor der Bauer nicht nur Zeit, sondern auch Geld.

Während der letzten Ernte im August hatte Lewerenz dreimal Maschinenschaden durch sperrigen Abfall auf seinen Feldern, die Reparaturen waren erheblich.

Lewerenz und seine drei erwachsenen Söhne saßen jeden Abend, wenn das Vieh versorgt und das Abendbrot verzehrt war, beisammen und grübelten darüber nach, wie sie die verhaßten SING-SING-Bewohner vertreiben könnten. Die abwegigsten Ideen wurden besprochen, obwohl sie sogleich wußten, daß an eine Ausführung nicht zu denken war. Der jüngste Sohn verstieg sich sogar so weit, die beiden Häuser einfach anzünden zu wollen, aber sein Vater stauchte ihn mit den Worten zusammen: »Wir sind Bauern und keine Brandstifter.«

»Aber Vater, wir müssen doch endlich was unternehmen. Wenn die Stadt schläft, gibt es nur eine Lösung: Selbsthilfe. Über tausend Mark haben wir dieses Jahr für Reparaturen am Mähdrescher ausgegeben. Verdammt, arbeiten wir nur noch für nichts und wieder nichts?«

Der Älteste warf ein: »Man muß SING-SING ausräuchern.«

»Nein«, rief wieder der Jüngste: »Wir müssen SING-SING ausstinken.«

Alle sahen ihn verständnislos an, und Bauer Lewerenz fragte nach einer Weile seinen Sohn: »Ja? Wie hast du dir das vorgestellt?«

»Die Jauchegrube ist bald voll«, erwiderte sein Jüngster und grinste vor sich hin.

»Du bist ein kluges Bürschchen, mein Sohn. Du hast recht. Wir werden sie ausstinken. Es ist zwar noch nicht die Zeit, die Gülle auf die Felder zu fahren, dann fahren wir sie eben woanders hin. Wir leihen uns zwei Jauchewagen vom Nachbarn aus und fahren mit drei Wagen gleichzeitig zum SING-SING. Das wäre doch gelacht, wenn die Leute dort durch unser Parfüm nicht zu vertreiben wären.«

Drei Tage später wurde der Plan ausgeführt.

Zwei Jauchewagen hatten sie sich vom Nachbarn ausgeliehen und auch einen zusätzlichen Traktor. Die drei Jauchewagen pumpten sie an einem Vormittag voll, und als sie bis an den Rand gefüllt waren, fuhren sie hintereinander zum SING-SING, das nur ein paar hundert Meter vom Hof entfernt lag.

Frau Lewerenz und auch ihre im Haus wohnende Schwiegertochter wunderten sich zwar, denn Anfang September fährt kein Bauer seine Gülle auf die Felder, aber, sagte sich Frau Lewerenz, die Männer werden schon wissen, was sie tun.

Als Lewerenz und seine beiden älteren Söhne – der jüngste mußte zu Hause bleiben – mit ihrer Fracht auf den Vorhof von SING-SING fuhren, rannte eine Schar Kinder herbei, freute sich, aber ihrem Gelächter folgte Entsetzen.

Auf einen Wink von Lewerenz öffneten sich die Schleusen der Güllewagen, und die stinkende Brühe ergoß sich über den Hof bis zu der offenen Haustüre und überschwemmte dort die unterste Stufe; knöcheltief lag die Jauche im Hof und waberte sogar noch in die Keller, weil die Kellerfenster nicht geschlossen waren.

Erst rannten die Kinder schreiend fort, dann

flüchteten kreischend die Frauen in die Häuser und sahen voll Grauen aus den Fenstern im ersten Stock.

Niemand wagte sich mehr ins Freie, und auch wenn die Leute Gummistiefel besessen hätten, wäre es unmöglich gewesen, durch diese Kloake zu waten, der Gestank war unerträglich.

Die drei fuhren lachend ab und winkten den Frauen im ersten Stock zu.

Auf den Hof zurückgekehrt, fragte der Älteste: »Vater, sollen wir noch einmal drei Fuhren hinbringen? Was hältst du davon?«

»Nein, wir brauchen schließlich auch noch etwas für unsere Felder und Wiesen im Sommer und Frühjahr. Der Warnschuß genügt. Hoffentlich hat die Sippe dort kapiert und nimmt Reißaus.«

Damit war für Lewerenz die Sache erledigt. Vorerst. Am Spätnachmittag fuhr ein Polizeiauto auf den Hof, und die beiden Beamten fragten nach dem Besitzer. Lewerenz mußte vom Feld geholt werden, und als er endlich ankam und auf die beiden Uniformierten zuging, setzte neben der Scheune ein fürchterliches Geschrei und Gekreische ein. Alle Insassen von SING-SING hatten sich dort versammelt, vom Kleinkind bis zur alten Frau. Sie beschimpften in ihrer Sprache den Bauern und drohten mit den Fäusten.

Es sei eine Beschwerde beziehungsweise eine Anzeige eingegangen, und sie müßten der Sache nachgehen. Der ältere Polizist sagte mit Ernst: »Wir sind der Sache nachgegangen, wir waren im Asylantenheim, es stinkt bestialisch, und den Hof kann man nicht betreten ohne Gummistiefel. Das Gelände ist verpestet.«

»Was heißt hier verpestet«, erwiderte Lewerenz. »Die Leute dort, das hat man mir zugetragen, wollen im Herbst den Garten bestellen, damit sie im Frühjahr Gemüse und Kartoffeln anbauen können. Das ist doch zu loben, oder? Nun, der Garten ist seit Jahrzehnten nicht mehr gedüngt worden, da habe ich mir gedacht, weil ich sowieso ein gutes Herz habe, hilfst du den armen Leuten etwas, damit sie wieder auf die Beine kommen. Kein Dünger ist so gut wie meine Gülle. Ist das vielleicht eine Beschwerde oder Anzeige wert?«

»Sie hören noch von uns«, sagte einer der Beamten, dann fuhren sie vom Hof.

Einige Tage vergingen, ohne daß sich etwas getan hätte, bis schließlich der jüngste Sohn mittags nach Hause kam und freudestrahlend berichtete: »Die SING-SING-Leute sind heute vormittag abtransportiert worden.«

»Tja«, sagte Lewerenz und kratzte sich am Kopf, »was so ein wenig Gülle doch bewirken kann. War das nicht eine gute Tat von uns?«

Frau Lewerenz hatte erst durch die beiden Polizisten erfahren, warum und wohin die Gülle abgepumpt worden war, sie hatte dann ihren Mann und ihre Söhne beschimpft: »Daß ihr euch nicht schämt. Vor Scham müßtet ihr in den Boden versinken. Was werden jetzt die Leute über uns herziehen. Erwachsene Männer wollt ihr sein? Daß ich nicht lache. Spießrutenlaufen werden wir jetzt.«

Drei Tage hatte sie dann mit ihrem Mann und ihren Söhnen nicht mehr gesprochen, so aufgebracht war sie.

Als Lewerenz aber von seinem Jüngsten erfuhr, die beiden Häuser seien geräumt worden, ging er zu seiner Frau in die Küche, und noch bevor er etwas sagen konnte, fauchte sie ihn an: »Es war eine Schweinerei, eine Kinderei. Das war kriminell.«

»Nun reg dich nicht so auf. Wir haben wirklich eine gute Tat vollbracht. Erstens sind wir sie endlich los, zweitens haben wir ihnen eine bessere Bleibe verschafft und drittens werden die beiden Häuser demnächst hoffentlich abgerissen.«

»Besser? Jetzt sitzen die wahrscheinlich in einem Container.«

EGON UND PAUL waren Zwillingsbrüder, Paul war zwanzig Minuten älter.

Egon arbeitete zuletzt als Vorarbeiter in einem Stahlwerk, Paul wurde Maschinenschlosser in einer großen Autowerkstatt und ein begeisterter Motorradfahrer. Beide waren unverheiratet und wohnten in einem Einfamilienhaus zusammen, das ihnen ein frühverstorbener und ebenfalls eheloser Onkel vererbt hatte; zum Haus gehörte ein Garten mit 24 Obstbäumen: Kirschen, Birnen, Äpfel. Das Ernten der Früchte überließen sie kostenlos Nachbarn, weil das Brüderpaar sich nichts aus Obst machte.

Die beiden verstanden sich gut, Egon kochte, Paul putzte, ansonsten tat jeder, was er wollte; Paul pflegte sein Motorrad oder raste damit über die Autobahnen, Egon war Stubenhocker und fotografierte Blumen. In Urlaub fuhr keiner.

Vor fünf Jahren, Egon war vierzig Jahre alt, erlitt er im Stahlwerk einen schweren Unfall, der ihn zum Invaliden und Frührentner machte. Seither schleift er sein linkes Bein nach, und sein linker Arm baumelt an ihm, als gehörte er nicht zu ihm. Dieser Betriebsunfall warf Egon vollkommen aus der Bahn: Er begann zu trinken, seine Rente ging restlos drauf, und er lebte vom Geld seines Bruders, der es zum Meister einer großen Autowerkstatt gebracht hatte und gut verdiente. Weil Egon nie nüchtern war, hatte er bald einen Spitznamen weg: der stramme Egon. Mittags war er das erste Mal betrunken, abends um zehn das zweite Mal. Dazwischen schlief er seine Räusche aus.

Er trank nie zu Hause. Hundert Meter von dem Haus war seine Stammkneipe entfernt. Am Tresen hatte er dort seinen Stammplatz, genau gegenüber dem Zapfhahn, damit der Wirt, wie er sagte, ihn nur auf eine Armlänge bedienen konnte.

Jedermann achtete darauf, daß dieser Platz für Egon frei blieb, nur dienstags wechselte Egon hinüber zum »Heustall«, dann hatte seine Stammkneipe Ruhetag.

Egon war wunderlich geworden. In der Kneipe sagte er kaum noch etwas, man war der Auffassung, der Alkohol habe seinen Verstand getrübt. Er sprach nicht einmal mit dem Wirt. Der stellte ihm schweigend ein volles Glas nach dem andern hin.

Das ging fünf Jahre so, bis Paul bei einem Wettrennen mit seiner schweren Maschine tödlich verunglückte.

Bei der Beerdigung, sie fand an einem heißen Nachmittag statt, stand Egon mit drei weißen Nelken hinter dem Pfarrer am offenen Grab und schwankte. Seine Alkoholfahne war bis weit über das Grab hinweg zu riechen, und mancher Trauergast rümpfte die Nase.

Als der Pfarrer seine Trauerrede beendet hatte und drei Schäufelchen Erde auf den Sarg warf, trat Egon als nächster Angehöriger an das offene Grab. Er blieb jedoch nicht auf dem Weg, der mit Bohlen abgedeckt war, sondern humpelte auf die Erdaufschüttung hinauf, holte weit aus und verlor, als er die drei Nelken in die Grube werfen wollte, das Gleichgewicht. Mit einem lauten Knall stürzte er hinunter auf den Sarg.

Die kleine Trauergemeinde schrie auf, die Leute sahen sich erschrocken an, auch der Pfarrer war ratlos, plötzlich war Egons Stimme aus dem

Grab zu hören: »Bruderherz, du kannst mich doch nicht allein lassen, was soll ich denn jetzt tun, wovon soll ich leben?«

Schließlich erbarmten sich die Sargträger trotz ihrer schwarzen und makellosen Anzüge und halfen Egon aus dem Grab: Zwei hoben und schoben ihn hoch, zwei zerrten ihn vom Grabrand auf dem Weg, wo er einfach sitzen blieb und zu weinen begann.

Die Trauergemeinde verlief sich, einige murrten, weil Egon nicht zu einem Leichenschmaus eingeladen hatte, zumindest zu Kaffee und Kuchen und belegten Brötchen, nur der Pfarrer blieb bei Egon stehen, legte ihm die Hand auf die Schulter und sagte laut und energisch: »Nun reißen Sie sich zusammen, das Leben geht weiter. Sie können sich doch nicht so gehenlassen.«

»Geht weiter? Aber wie?«

»In dem Sie sich zusammenreißen und auch mit Gottes Hilfe.«

»Wieso? Erhöht der jetzt meine Rente?«

»Dann beten Sie.«

»Habe ich schon versucht, Herr Pfarrer, aber davon werde ich nur durstig.«

»Trinken Sie Wasser.«

»Ich will mich doch nicht vergiften.«

Der Pfarrer seufzte: »Was wollen Sie eigentlich noch? Sie haben ein schuldenfreies Haus, einen schönen Garten, Sie haben eine gute Rente, Sie brauchen für niemanden zu sorgen, Sie haben es besser als Millionen anderer Menschen.«

»Was für ein Trost. Millionen anderen geht es aber besser als mir.«

»Sehen Sie immer zu denen, die es schlechter haben als Sie.«

»Nein, davon wird mir schlecht, und wenn es mir schlecht geht, dann braucht mein Magen eine gehörige Portion Schnaps.«

»Dann schauen Sie in Gottes Namen nach denen, die es besser haben als Sie.«

»Davon werde ich neidisch, und wenn mich der Neid packt, kriege ich eine trockene Kehle.«

»Ihnen ist anscheinend nicht zu helfen.«

»Das ist ja mein Problem, Herr Pfarrer.«

Egon erhob sich mühsam und stöhnte, sein schwarzer Anzug war total verdreckt, der Pfarrer bemühte sich, den Anzug etwas zu säubern, aber Egon wehrte ab.

Vor dem Gasthof zog der Pfarrer seinen Talar aus, faltete ihn sorgfältig zusammen, legte ihn über seinen linken Arm, und mit dem rechten hakte er sich bei Egon ein. So betraten beide das Lokal. Das hatte zwar schon geöffnet, aber bislang standen nur wenige Gäste am Tresen. Egon und der Pfarrer stellten sich nicht, wie es üblich war, auch an den Tresen, sondern setzten sich zur Verwunderung aller in die Ecke an einen Tisch.

Ohne daß sie bestellt hätten, brachte ihnen der Wirt zwei Glas Bier, obwohl der Pfarrer, der hier ein seltener Gast war, nur Mineralwasser trank. Der Pfarrer, von dem seine Schäflein sagten, nach einem Glas Bier sehe er den Altar nicht mehr, hielt im Trinken sogar mit Egon mit und ermunterte ihn überdies noch zum Weitertrinken.

Egon war das nur recht, weil er nicht nur trinken konnte, er hatte auch noch jemanden gefunden, der für ihn bezahlte. Jedesmal wenn der Wirt eine neue Lage brachte, rief der Pfarrer: »Das geht alles auf meine Rechnung, Herr Wirt.«

Ein Gast am Tresen fragte leise einen anderen: »Was machen denn die beiden dahinten, der Suffkopf und der Gesundbeter?«

Der Wirt antwortete laut: »Der stramme Egon wird bekehrt.«

Der Pfarrer, der das gehört hatte, rief laut in die Gaststube: »Irrtum, mein Sohn, ich treibe nur den Teufel mit Belzebub aus. Zufrieden?«

Abends um zehn Uhr, Egon war längst eingeschlafen, erhob sich der Pfarrer und schritt kerzengerade durch die Gaststube zur Tür. Der Wirt rief ihm hinterher: »Sie müssen noch bezahlen, Herr Pastor.«

Der Pfarrer drehte sich langsam um, er nahm sich zusammen, damit er nicht schwankte: »Mein Sohn, der Herr wird es Ihnen tausendfach vergelten.«

Als er die Tür hinter sich geschlossen hatte, brachen alle Gäste in schallendes Gelächter aus; der Wirt fühlte sich betrogen und bekam vor Ärger einen roten Kopf. Er drohte dem Pfarrer mit erhobener Faust hinterher und schrie: »Ich raube die Opferstöcke aus!«

Anderntags beglich der Pfarrer seine Rechnung, und wieder einen Tag später war das Schild »Zur alten Post« von Witzbolden mit einem Transparent überklebt worden: »Gasthaus zum Opferstock«.

Seit diesem Tag betrat Egon nicht mehr die Kneipe. Der Pfarrer besorgte ihm leichte Arbeit in der Kirche und im Pfarrhaus, da er ja nur mit einer Hand arbeiten konnte.

SIE NANNTEN IHN PILATUS. Sie nannten ihn Pilatus, weil er bei jeder sich bietenden Gelegenheit sagte: Also, da wasche ich meine Hände in Unschuld.

Es war eine ausgeleierte Redensart. Er hätte auch sagen können: Das geht mich nichts an, das ist mir schnuppe, oder aber, was habe ich damit zu tun.

Er hieß Richard Klein und war einmeterfünfundneunzig groß und athletisch, 35 Jahre alt, ledig und Fahrer bei der Müllabfuhr; in der Kneipe war er ein stiller Zecher, aber standfest. Mancher Gast flüsterte hinter vorgehaltener Hand, nicht zu Unrecht, sollte die Polizei einmal morgens um sieben Uhr die Müllfahrer auf Alkohol kontrollieren, wenn sie aus dem Fuhrpark kommen, dann wäre Pilatus sicher seinen Führerschein los, denn er habe bestimmt noch viel zuviel Alkohol im Blut.

In letzter Zeit wurde Pilatus immer schweigsamer und murmelte nur noch wie abwesend vor sich hin. »Einmal werde ich etwas Verrücktes anstellen. Aber dann wasche ich meine Hände in Unschuld.«

Worin das Verrückte bestehen könne, sagte er nicht, trotz drängender Nachfragen.

In der Kneipe geht es niemals ohne Sticheleien ab, und Pilatus war die geeignete Person dafür, auf den Arm genommen zu werden: Bin gespannt, wann der Pilatus etwas Verrücktes anstellt, bin gespannt, wann der mal heiratet, bin gespannt, wann der mal sein Müllauto in den Graben setzt, bin gespannt, wann der pusten muß und seinen Führerschein verliert.

Pilatus jedoch hielt sein Bierglas fest im Griff und blickte ausdruckslos über die Theke.

Auch schien es Pilatus nicht zu stören, wenn Gäste frotzelten: »He, Pilatus, will dich keine Frau, nur weil du nach Müllabfuhr stinkst? Mensch, du siehst doch passabel aus, und bei der Müllabfuhr hast du noch eine attraktive Arbeit, immer an der frischen Luft und krisensicher.«

Pilatus' Wohnung war zweieinhalb Zimmer groß, sie lag in einer Allerweltssiedlung, die Mitbewohner des kleinen Sechsfamilienhauses sahen ihn jedoch kaum, denn entweder arbeitete er oder er stand am Tresen in der Kneipe. War er dennoch einmal zu Hause, dann bastelte er im Keller an elektrischen Gerätschaften.

Auch wenn er einen Film oder ein interessantes Sportereignis sehen wollte, dann mußte er aus dem Haus und seine Eltern besuchen, die nur zwei Straßen weiter wohnten. Er besaß ein uraltes Schwarz-Weiß-Fernsehgerät, das seit Jahren kaputt war und für das es keine Ersatzteile mehr gab.

Zu Hause bei seinen Eltern vertilgte er sämtliche Essensreste, die seine Mutter im Kühlschrank aufbewahrte, er konnte Portionen vertilgen, die drei Personen nicht geschafft hätten. Während er aß und auf den Bildschirm guckte, lag ihm seine Mutter mit Ermahnungen in den Ohren: »Junge, wann suchst du dir endlich eine Frau. Junge, warum bist du nicht in deinem Beruf als Elektriker geblieben. Junge, häng nicht dauernd in der Kneipe herum, da lernt man keine Frau kennen. Junge, iß und schling nicht.« Wenn seine Mutter schimpfte, erwiderte Pilatus nichts, er lächelte sie nur freundlich an, und sein Lächeln erstickte schließlich ihre Vorwürfe.

An einem Montag Anfang Oktober erschien Pilatus nicht in der Kneipe, auch nicht am darauffolgenden Dienstag, und am Mittwoch ebenfalls nicht. Einer meinte, Pilatus sei wohl krank, und der Wirt sagte: »Hoffentlich bricht jetzt nicht die Müllabfuhr zusammen, Pilatus ist ein wichtiger Mann, der hält uns die Ratten vom Hals.« Einige Gäste stellten Erkundigungen über seinen Verbleib an. Pilatus war kein geselliger Gast, aber er fehlte den Gästen dennoch, er gehörte einfach dazu wie ein liebgewordenes Möbelstück. Über sein Fernbleiben konnten sie aber nichts herausbringen. In seiner Wohnung war er nicht. Dort hatten drei oder vier Gäste zu verschiedenen Zeiten geläutet. Es hatte aber niemand aufgemacht.

Nach drei Wochen stand Pilatus wieder an der Theke, als wäre er nur kurz auf der Toilette gewesen. Die Sensation jedoch war: Er war nicht allein. In seiner Begleitung befand sich eine etwa dreißigjährige Frau, eine grazile Erscheinung. Sie saß auf einem Barhocker, den ihr Pilatus untergeschoben hatte und wirkte schüchtern in dieser für sie fremden Umgebung.

Der Wirt und die meisten Gäste wußten auch

nicht recht, wie sie sich gegenüber dieser Frau verhalten sollten. Pilatus lächelte, die Gäste lächelten, der Wirt lächelte und sagte laut: »Daß mir keiner den Pilatus anstänkert, ihr seht doch, er ist verliebt. Wer hätte das von unserem Pilatus gedacht.«

Plötzlich, mit einer weitausladenden Armbewegung, fegte Pilatus sämtliche Biergläser von der Theke und schrie, wie ihn in all den Jahren noch niemand schreien gehört hatte: »Ich heiße Klein, ich heiße Richard Klein. Ein für allemal. Ich sag zu euch doch auch nicht Nepper, Stinker oder Arschlöcher.«

Die Gäste erstarrten. So etwas hätten sie Pilatus nie und nimmer zugetraut, er, der doch Ruhe ausstrahlte und kaum ein Wort sprach.

»Aber Pilatus!« rief der Wirt begütigend.

Weiter kam er nicht. Wie ein Besessener fegte Pilatus die restlichen Gläser vom Tresen, und wer ihm in den Weg trat, den stieß er einfach um. In der Kneipe waren an die zwanzig Gäste. Der Wirt stand fassungslos hinter der Theke und wußte nicht, was er tun sollte. Die meisten Gäste wirkten eingeschüchtert, sie wollten sich mit Pilatus auf keine Rauferei einlassen, denn seine Kräfte waren bekannt. Er hatte einmal vor der Kneipe das Auto eines Gastes aus der Parklücke gehoben, das zugeparkt gewesen war. Die meisten Gäste verließen den Tresen und setzten sich an Tische, als würden Tische und Stühle ihnen Schutz bieten. So etwas hatte sich in dieser Kneipe noch nie zugetragen.

Plötzlich kam die Wirtin aus der Küche gestürzt und kreischte los, als sie die Bescherung auf dem Fußboden sah. Sie hob die Hände über den Kopf und rief nach der Polizei.

Pilatus hob den umgestürzten Barhocker auf und setzte sich wieder neben seine Begleiterin und bestellte für sie und sich ein Bier.

Zögernd drehte der Wirt den Zapfhahn, die Gäste atmeten auf, und jeder suchte seinen Platz am Tresen wieder auf, was jedoch nicht so einfach war. Über den Fußboden lagen weit verstreut Glasscherben, und klebrige Bierpfützen hatten sich ausgebreitet.

Pilatus rauchte eine Zigarette, seine Begleiterin strahlte ihn an, die Wirtin und eine Küchenhilfe kehrten mit Besen, Eimer und Aufnehmer zurück und begannen, den Fußboden zu säubern.

Kaum einer sprach, man hustete oder krächzte

aus Verlegenheit, einige Gäste wollten der Wirtin beim Säubern beistehen, da rief Pilatus: »Wirt, eine Lokalrunde, wir haben uns vor einer Woche auf Gran Canaria verlobt.«

Nach ein paar Sekunden verblüfften Schweigens prasselten Hallos und Glückwünsche auf ihn und seine Verlobte herab, jeder wollte ihnen die Hand drücken und auf die Schulter schlagen; seine Verlobte genoß es sichtlich.

Vor jedem Gast stand ein frisch gefülltes Glas Bier auf der Theke, und jedermann wartete darauf, daß Pilatus sein Glas heben und Prost sagen würde und damit den Antrunk freigäbe.

Da rief die Wirtin, die zusammen mit ihrer Aushilfe beinahe mit Säubern fertig geworden war: »Wenn das noch einmal vorkommt, dann rufe ich die Polizei, auch wenn du seit Jahren unser Stammgast bist. Schreib dir das hinter die Ohren, Pilatus.«

Kaum hatte sie das letzte Wort ausgesprochen, schnellte Pilatus vom Hocker, stieß mit dem linken Arm die Gäste weg und mähte mit dem rechten Arm alle frisch gefüllten Gläser vom Tresen und schrie die Wirtin an: »Ich heiße Klein. Richard Klein.«

Dann riß Richard der verschreckten Wirtin den Eimer aus der Hand und kippte den Inhalt zu den neuen Scherben und Pfützen. Die beiden Frauen flüchteten kreischend durch die Tür in die Küche. Einige Gäste versuchten, Pilatus zu besänftigen, der aber stand kampflüstern mitten in der Wirtsstube und ballte die Fäuste.

Die Wirtin kehrte zurück und schrie: »Polizei ... Polizei. Ich rufe jetzt die Polizei.«

Wie auf ein Kommando hatten sich beinahe alle Gäste in eine Ecke geflüchtet, nahe der Tür, die zu den Toiletten führte. Pilatus sprang mit einem Satz zum Eingang und versperrten ihnen den Fluchtweg.

Äußerlich ruhig trat er vor den erstbesten und fragte ihn: »Wie heiße ich?«

»Pi ... Richard Klein.«

»Brav mein Sohn. Nur keine Versprecher.«

Auf diese Weise knöpfte er sich einen nach dem anderen vor und jeder antwortete: »Pi ... Richard Klein.«

Und Pilatus ergänzte: »Brav, mein Sohn, nur keine Versprecher.«

Diese Prozedur dauerte etwa zehn Minuten, bis

auch der letzte Gast sein Sprüchlein aufgesagt hatte. Niemand wagte zu widersprechen.

Plötzlich standen drei uniformierte Polizisten im Lokal, die Wirtin hatte tatsächlich ihre Drohung wahr gemacht und auf der Wache angerufen und gesagt, ein blindwütiger Gast schlage das Lokal kurz und klein.

Kaum waren die Polizisten eingetreten, stürzte die Wirtin in die Gaststube, deutete auf Pilatus und brüllte: »Da steht er. Der schlägt hier alles kaputt, seht euch diese Schweinerei an. Nehmt ihn fest, der ist allgemeingefährlich.«

Einer der Beamten trat auf Pilatus zu, aber der lächelte ihn bloß freundlich an, deutete auf den Fußboden und sagte: »Herr Polizeipräsident, ich wasche meine Hände in Unschuld. Das muß von der Wirtin eine Verwechslung sein. Ich bin doch hier seit Jahren Stammgast, alle hier können das bezeugen. Ich bin der friedlichste Mensch der Welt. Die Wirtin war doch gar nicht im Lokal, als das passierte, sie war in der Küche.«

Die drei Beamten, die längst auf Scherben und in Bierpfützen getreten waren, sahen sich interessiert um, beobachteten mißtrauisch Pilatus und die übrigen Gäste, die immer noch in der Ecke standen und kein Wort sagten.

Der älteste der drei Beamten herrschte Pilatus an: »Was geht hier eigentlich vor. Die Wirtin ruft doch nicht aus Jux und Tollerei auf der Wache an und beschuldigt Sie, hier den wilden Mann zu spielen, wenn das nicht stimmt.«

»Herr Polizeirat, das ist ein großes Mißverständnis. Es war nämlich so: Wir stehen alle friedlich am Tresen und trinken unser wohlverdientes Bier, da stürzt ein Wildgewordener hier herein, ein Hüne, ich sag Ihnen, dagegen bin ich ein Zwerg, und bevor wir zur Besinnung kommen, wischt der Kerl alle Gläser von der Theke, schreit dabei wie einer, der gerade aus dem Urwald gekommen ist, trampelt dann auf den Scherben herum und verschwindet so plötzlich, wie er gekommen war. Sie hätten ihm eigentlich noch begegnen müssen. Jaja, so war es. Vor lauter Schreck stehen wir jetzt immer noch da. Ich habe dann der Wirtin geraten, vorsorglich die Polizei zu rufen, was sie dann ja auch getan hat.«

Pilatus drehte sich zu den Gästen um und sagte: »Macht doch endlich den Mund auf, Kumpels.

Ihr könnt doch auch beschwören, daß es so war. So wars doch. Wars nicht so?«

Die Polizisten taxierten den Wirt, der keine Miene verzog, und beobachteten mißtrauisch die Gäste.

Einer sagte: »Genau so wars, wie Richard Klein es gesagt hat.«

Erst jetzt bemerkten die Beamten Kleins Verlobte, die allein an der Theke saß und eine Zigarette rauchte.

Ein Polizist trat zu ihr und fragte: »Was machen Sie denn hier?«

»Das sehen Sie doch, ich rauche und trinke mein Bier.«

»Und warum stehen Sie nicht bei den anderen Gästen?«

»Weil mir Männer auf die Nerven gehen.«

»Sie waren doch hier, als das passierte?«

»Klar. Ich habe Zeitung gelesen.«

Die Gäste fanden plötzlich ihre Stimmen wieder und pflichteten Pilatus eifrig bei, alle redeten durcheinander, bis der ältere Beamte rief: »Ruhe, verdammt noch mal, man versteht ja sein eigenes Wort nicht. Kennt einer den Unbekannten?«

Der Wirt antwortete: »Den hab ich hier noch nie gesehen, so einen großen Kerl übersieht man doch nicht. Wissen Sie, Herr Wachtmeister, in letzter Zeit treibt sich auch in unserer ruhigen Gegend allerlei Gesindel herum. Aber meine Frau muß sich tatsächlich geirrt haben, der Fremde sah zwar dem Pilatus ähnlich, aber...«

»Wer ist Pilatus?«

»Ich, Herr Oberrat, der irrtümlich Beschuldigte. Aber der, der die Sauerei hier angerichtet hat, der war viel größer und breiter als ich. Daß der überhaupt durch die Tür gepaßt hat.«

Die Gäste nickten eifrig, aber die Polizisten blieben dennoch mißtrauisch, da zudem niemand Anzeige erstatten wollte – die Wirtin war wieder in die Küche zurückgekehrt –, blieb ihnen nichts anderes übrig, als wieder abzuziehen, obwohl ihnen anzusehen war, daß sie von dem, was ihnen erzählt wurde, nichts glaubten. Aber wo kein Kläger, da kein Richter.

Als die Beamten gegangen waren, rief der Wirt: »So, jetzt packt mal alle mit an, damit das hier wieder menschlich wird. Meine Frau kehrt den Dreck von Pilatus nicht mehr zusammen.«

Pilatus blieb einen Moment stehen und fixierte den Wirt scharf, der Wirt senkte den Kopf.

Als die Arbeit getan war, Pilatus' Verlobte hatte bei der Reinigung mitgeholfen, setzte sie sich wieder zu ihrem Verlobten an die Theke, sie hakte sich bei ihm ein und flüsterte: »O Samson, du warst wunderbar.«

PETER LUX ÄRGERTE SICH bereits seit
über zwei Jahren, seit er mit Frau und Sohn sein
Eigenheim bezogen hatte. Er wohnte in einer
ruhigen Straße von etwa 200 Metern Länge, die
am Ende der Bebauung in einen Feldweg auslief.
Die Bewohner der anderen neunzehn Häuser är-
gerten sich ebenso wie Peter Lux, nur nahmen
sie es gelassener. 150 Meter bergab an einer
Hauptstraße lag ein Lokal, zu dem noch ein kleiner Saal gehörte, der einzig verbliebene in dieser
Gegend. Er wurde vielfach genutzt: für Partei-
versammlungen, Wahlveranstaltungen, Kanin-
chen- und Hühnerausstellungen, Vertreterta-
gungen, Hochzeiten und Konfirmationen und
sonstige Familienfeiern.
Weil aber das Lokal nur Parkplätze für zehn
Autos besaß an einem gepflasterten Randstrei-
fen, parkten die anderen Gäste in der ruhigen
Straße, in der Peter Lux wohnte.
Einmal hatte ein Lokalbesucher sogar versucht,

direkt vor dessen Garage zu parken, das aber hatte Peter Lux verhindern können. Er war mit der Harke, die er gerade in Händen hielt, aus seinem Vorgarten auf den Fahrer zugestürzt, der mit quietschenden Reifen gerade noch die Straße entlang auf den Feldweg flüchten konnte. Dort sprang der Fahrer aus dem Wagen und rannte querfeldein davon. Peter Lux war ihm brüllend mit der Harke hinterher gelaufen, blieb dann aber stehen. Sein Nachbar Jürgen Leidig, mit dem Peter ab und zu Schach spielte und an warmen Sommertagen auf seiner Terrasse so manche Flasche Bier geleert hatte, sagte einmal zu ihm: »Peter, wir müßten erreichen, daß für unsere Straße ein Parkverbot ausgesprochen wird.«

Peter nickte und sagte: »Halteverbot wäre besser.«

»Das kriegen wir bei den Behörden niemals durch, die halten uns für übergeschnappt«, erwiderte Jürgen.

Beide waren nicht mehr ganz nüchtern, sehr zum Leidwesen von Peters Frau Hannelore.

»Parkverbot kriegen wir auch nicht durch«, sagte Peter, »was aber können wir tun, damit

das idiotische Parken in unserer Straße auf-
hört?«

»Hast du einen Plan?« fragte Jürgen lauernd.

Peter Lux tat so, als hätte er die Frage nicht verstanden, und machte sich am Bierkasten zu
schaffen. Jürgen kannte seinen Nachbarn gut
genug. Er begriff sofort, daß sein Nachbar seit
geraumer Zeit etwas im Schilde führte.

»Peter, spuck aus.«

»Also das mit dem Halteverbot gefällt mir. An-
trag hin oder her, wir müssen selber aktiv werden. Paß auf, wir besorgen uns Halteverbotsschilder und stellen sie am Anfang der Straße
auf, das zweite nach etwa hundert Metern, das
wäre dann direkt vor deinem Haus.«

»Du spinnst. Und überhaupt: Wo willst du denn
die Schilder hernehmen?«

»Zum Beispiel klauen, von einem Bauhof. Aber
das ist zu schwierig. Außerdem: Ich habe schon
zwei. An denen fährst du jeden Tag mindestens
zweimal vorbei, die von der Feuerwehrausfahrt.
Das ist nur einen Katzensprung von uns entfernt. Wir montieren die Schilder dort ab und
bringen sie in unserer Straße neu an.«

»Peter, dann parken die Idioten vor der Feuer-

wehrausfahrt, und die kann dann mit dem großen Löschwagen nicht mehr herausfahren. Deshalb stehen die Schilder ja auch da.«

»Hör zu, wir wollen die Schilder nicht für ewig
haben, sondern nur, um den Falschparkern hier
einen Denkzettel zu verpassen. Ich habe es
schon mal ausprobiert, die Schilder sitzen nicht
fest, mit etwas Mühe kann man sie aus den Hül-
sen ziehen, die in einem Betonsockel sitzen.
Also mein Plan sieht so aus, wenn demnächst
unten im Lokal wieder eine Feier und unsere
Straße zugeparkt ist, dann holen wir uns die
Schilder. Aber nur, wenn wirklich alles zugeparkt ist.«

»Peter, das ist doch eine Kinderei. Die Polizei
wird nicht so blöd sein und glauben, daß in dieser Wohnstraße Halteverbotsschilder aufgestellt
worden sind. Zudem machen wir uns, wenn das
auffliegt, strafbar.«

»Es muß aber nicht herauskommen. Laß es uns
doch versuchen. Und wenn es doch nicht klappt,
wissen wir von nichts.«

Vierzehn Tage später war es dann soweit. An
einem Samstag wurde wieder eine große Hochzeit gefeiert, und die ruhige Straße verwandelte

sich in einen Parkplatz für fremde Autos. Die Anwohner konnten mit knapper Not noch zu ihren Garagen gelangen.

Am Spätnachmittag holten Peter und Jürgen die beiden Schilder von der Feuerwache, die sie tags zuvor schon gelockert hatten. Sie hatten bereits auch in ihrer Straße zwei Betonkübel, die eigens dafür gegossen waren, hingestellt, damit die Straßenschilder hineingesteckt werden konnten. Als sie fertig waren, gingen sie seelenruhig in das Haus von Peter Lux. Von dort riefen sie das nächste Polizeirevier an. Der Beamte am Telefon versprach, sofort einen Streifenwagen zu schicken.

Nach dem Anruf gingen beide in den Vorgarten und warteten nicht lange, bis ein Dienstwagen mit zwei Beamten kam. Peter winkte den beiden zu und zeigte ihnen die Bescherung.

Trotz Halteverbotsschilder sei die Straße von Zeit zu Zeit zugeparkt, das gehe nun so, seit sie hier wohnten, aber sie hätten immer dazu geschwiegen, aber heute sei ihnen das zuviel geworden.

»Wir sind friedliebende Menschen, aber diesen Saustall hier werden wir nicht mehr widerspruchslos hinnehmen. Die Schilder stehen ja nicht aus Spaß hier, ein Feuerwehrauto kommt da nicht durch, wenn es einmal brennen sollte.«

Die beiden Beamten nickten, und einer sagte: »Es ist wirklich eng hier, ein Feuerwehrauto käme hier nie durch, da haben Sie recht. Aber daß ein absolutes Halteverbot aufgestellt worden ist, das verstehe ich trotzdem nicht. Naja, die Verwaltung, und wir sind wieder die Dummen.«

»Und jetzt?« fragte Peter gespannt.

»Jetzt? Klarer Fall von Abschleppen«, sagte einer der Beamten. »Sagen Sie mal, Herr Lux, wo sind denn die Leute, die hier ihre Fahrzeuge abstellen?«

Jürgen antwortete schnell: »Die gehen mit ihren Hunden oder Frauchen über die Felder spazieren. Das ist hier jeden Samstag und Sonntag so, wenn halbwegs gutes Wetter ist.«

»Ja«, pflichtete Peter bei, »jedes Wochenende dasselbe, die Autofahrer werden immer rücksichtsloser.«

Unterdessen war ein Polizist zu seinem Fahrzeug gegangen und hatte telefoniert. Ohne Peter und Jürgen noch zu beachten, fuhren die Beamten ab. Dann kam Peters Frau Hannelore keuchend angelaufen und rief schon von weitem: »Peter, ich komme mit unserem Wagen nicht in die Straße rein, die Zufahrt ist mir zu eng.«

»Wo stehst du denn?«

»An der Zufahrt.«

»Hannelore, laß den Wagen da stehen und fahr ihn später in die Garage, wenn der Parkzauber hier vorbei ist.«

Dann setzten sich Peter und Jürgen auf das Mäuerchen im Vorgarten und warteten.

Sie brauchten nur eine knappe halbe Stunde zu warten, bis der erste Abschleppwagen anrollte.

Dann ging alles flott. Der Abschleppdienst entfernte innerhalb einer Dreiviertelstunde fünfzehn Fahrzeuge, die Anwohner der Straße standen gaffend vor ihren Häusern oder lagen in den Fenstern, denn dieses Spektakel wollte sich keiner entgehen lassen.

Peter und Jürgen nickten sich ab und an verständnisvoll zu, sie platzten beinahe vor Stolz und pufften sich vor Freude in die Seite, wenn wieder ein Fahrzeug entfernt worden war.

Verwunderlich war nur, daß aus dem Lokal niemand zu seinem Fahrzeug zurückkehrte. Erfahrungsgemäß holte sich immer einer der Gäste etwas aus seinem Wagen, und schließlich war auch das Aufgebot an Abschleppwagen weder zu übersehen noch zu überhören.

Auf einmal war die Straße leer, die Leute kehrten in ihre Häuser zurück oder schlossen die Fenster. Peter Lux rief seiner Frau zu: »Hannelore, du kannst jetzt unseren Wagen in die Garage fahren.«

Frau Lux trat auf die Straße, wo Jürgen und Peter sich noch unterhielten. Frau Lux stand eine Weile ratlos da, sah verzweifelt die Straße entlang und blickte dann mit großen Augen ihren Mann an.

»Hannelore, was ist denn? Hat dir jemand die Butter vom Brot genommen?«

Frau Lux flüsterte: »Er ist nicht mehr da.«

»Wer ist nicht mehr da?«

»Unser Wagen ist nicht mehr da.«

»So ein Unsinn. Wo hast du ihn denn abgestellt?«

»Na, da vorne, am Anfang unserer Straße.«

»Am Anfang unserer Straße?« fragte Peter, und ihn beschlich eine böse Ahnung.

»Ich hatte dir doch gesagt, daß ich mich nicht getraut habe, in unsere Straße hineinzufahren, weil alles zugeparkt war, und du hast doch gesagt, ich solle ihn dort stehenlassen, wo er steht.«

Plötzlich lachte Jürgen lauthals auf, schüttelte sich und schlug sich immer wieder auf die Oberschenkel.

»Peter, die haben dein Auto gleich mit abgeschleppt, im Dutzend billiger. Die haben mir nichts dir nichts deinen Wagen mitgenommen. Hast du jetzt endlich kapiert?«

Peter Lux war eine Zeitlang unfähig, sich zu rühren. Hannelore brach in Schluchzen aus und verschwand im Haus. Peter schlug sich mehrmals mit der Faust vor die Stirn: »Diese Weiber, diese Weiber.«

»Schimpf jetzt nicht auf deine Frau, erkundige dich lieber, wohin der Abschleppdienst dein Auto gebracht hat.«

»Diese Weiber, o diese Weiber.«

»Kopf hoch, Peter, die Welt geht nicht unter, aber sie wird für dich teuer. Anzeige für Parken im Halteverbot, dann Abschleppen, das summiert sich.«

Drei Tage später, als Peter von der Arbeit nach Hause kam, nahm ihn Jürgen beiseite und sagte:

»Paß auf, die Feuerwehr hat die Schilder wieder geholt und Anzeige gegen Unbekannt erstattet. Ich wollte es dir nur sagen, falls mal einer auftaucht und Fragen stellt.«

»Na und? Wir wissen von nichts.«

Inhalt

1 2 3 4   98 97 96 95

© 1995 Luchterhand Literaturverlag GmbH, München
Alle Rechte vorbehalten.
Gesetzt aus der Aldus
von Fotosatz Amann, Aichstetten
Druck und Bindung
durch Ebner, Ulm
Printed in Germany
ISBN 3-630-86867-3